Долго ли?

Петр Боборыкин

Долго ли?

ISNB: 978-1-64439-553-0

ДОЛГО ЛИ?

I

Мягкой и липкой ватой сыплются клочья снега, и отвесно, и вбок, и покрывают побурелые от езды улицы новым рыхлым слоем. Сквозь замутившуюся мглу ночи бледно мигают фонари. Всякий звук заглушён и подавлен; чуть слышно ерзанье полозьев и топот пешеходов по тротуарам.

Плохие извозчичьи санишки завернули с Невского в один из переулков. Седок поднял воротник своей шубки и совсем скорчился, нахлобучив мерлушковую шапку. Вся его фигура представляла собою покатый ком чего-то черного, густо осыпанного снежной мокрой кашей. Извозчик был ему под пару. Перевязал он себе шею подобием шарфа и ушел в него вплоть до обтертого околыша шапки. Лошадь то и дело спотыкалась, плохо слушаясь кнута. Возница, больше для вида, стукал кнутом в передок саней и часто передергивал вожжами.

Тотчас за поворотом в переулок случился огромный ухаб. Седок ткнулся лбом в спину извозчика.

Тот передернул на деревенский лад плечами и окликнул седока:

— Держись, барин!.. Не даст Бог пути!.. что ты будешь делать!

— Правее забирай, старина, — отозвался седок из-под своего воротника. Голос его звучал глухо, но с таким оттенком добродушия, что извозчик про себя улыбнулся и уже как следует угостил свою "шведку" ударом кнута.

Подъехали сани к широкому крыльцу, обтянутому парусиной. Городовой похаживал и покрикивал; в глубине переулка, сквозь верченье снежной пурги, виднелся ряд каретных фонарей.

— Пятиалтынный тебе следует, дедушка, — сказал, слезая, седок, — ну, да уж погода-то больно скверна — вот тебе двугривенный.

1

— Спасибо, барин, — выговорил уныло извозчик, приподнимая как-то сзади свою шапочку.

— Пошел, пошел!.. Развесил уши-то! — крикнул городовой и толкнул лошадь в оглоблю.

Седок в шубке, протирая глаза, поглядел на полицейского, отряхнул с себя снег и подумал: "Экой какой грозный: поди-ка, добейся его интонации!.. Сила!"

Все еще с приподнятым воротником, взялся он за ручку стеклянной двери. Споткнувшись немного о половик, лежавший между первой дверью, он опустил пониже голову, посмотрел прищурившись на пол и подумал: "Сколько я здесь времени не был и все то же — па пропр {нечисто (фр.).}".

Последние два слова он так и выговорил про себя по-французски, с русским акцентом.

В гардеробной он разоблачился, да и шапку отдал швейцару. Раздевался он медленно, несколько как-то робко, и, по сдаче всего своего верхнего платья, две-три минуты отирал лицо платком, а потом вынул гребеночку и перед зеркалом пригладил волосы.

Вряд ли сделал он это из кокетства. Стоило оглядеть его хорошенько, чтобы убедиться в противном. Вся его фигура одета была в самую нефрантовскую суконную "пару", какие покупаются только в дешевых магазинах готового платья; воротничок рубашки, хоть и чистый, не отличался модностью. Шею перевязывал черный галстук, в мизинец ширины, из самых дешевеньких. Лицо его, еще молодое, с близорукими, очень приятными темными глазами, смотрело если не болезненно, то куда не нарядно. Серый цвет и неровности кожи, шершавая бородка, попросту причесанные длинные волосы — все это не заключало в себе и намека на франтовство. В губах, очень заметных сквозь редкие усы, сидел тихий юмор, мелькавший и в глазах, точно с недоумением переходивших от предмета к предмету.

Стал он подниматься по лестнице, к передней, очень тихо, не потому, чтобы он чего-нибудь робел, а потому, вероятно, что ничего его туда, наверх, особенно не манило. Он даже знал наперед, что проскучает за свои полтора рубля; и все-таки, по такой адской погоде, поехал в десятом часу за тем, чтоб проходить из одной залы в другую вплоть до полуночи, а то так и дальше. Не высидел он сегодня у себя, убежал от своего "очага". Хорошо еще, что можно было куда-нибудь деваться...

Вот он в одной из гостиных; публика перекочевывает через нее в большую залу, откуда уже слышен оркестр. Идут штатские разных сортов, шуршат шелковые платья, мелькают шиньоны. Пробежало два молоденьких офицерика. Он смотрит на все это, прислонившись к зеркалу, поодаль. Думать ни о себе, ни о своем положении, ни даже о том, где находится — он не хочет. Ему нравится пока эта пестрота женских турнюр, хвостов, головок, профилей. Он успел только заметить, что в Петербурге, в сущности, гораздо больше хорошеньких и пикантных женщин, чем идет о том молва или, лучше сказать, чем он всегда воображал. А почему он так воображал? Ведь он не проникал и в одну десятую петербургских семейств?.. То, что ему казалось публикой, быть может, один случайный набор...

Дальше он не пошел в своих соображениях.

Его окликнули сбоку:

— Лука Иванович! Вас ли я вижу?

Обернулся он с мыслью: "И кому это припала охота со мной беседовать?"

Перед ним стояла женская фигура довольно странного вида. Она его, однако, не удивила: видно было, что он давно ее знает. Ростом с него, эта женщина или девушка поражала прежде всего очертаниями своей головы. Ей нравилось носить волосы взбитыми так, что трудно было бы даже отличить ее лицо от мужского, если б не темное женское платье, поверх которого она надела очень узкий и уже значительно потертый не то спенсер, не то казакин. Черты лица подходили к прическе: они были резки, хотя и мелки, особенно выдавались острый нос и подбородок. Этой особе могло быть от тридцати до сорока лет.

— И вы здесь? — спросил он, улыбнувшись, и протянул ей руку.

— Да, — вздохнула она, слегка выпятив губу.— Какая здесь тоска! И это — жизнь!.. Я не для себя...

— По обещанию, стало? — осведомился он и тотчас же подумал: "А ну, как ты вцепишься в меня — мове {Здесь: беда (фр.).}".

Она довольно громко рассмеялась и показала желтые, крупные зубы. "Вцепится — и пойдет о чувствах!" — уже энергичнее подумал он.

Идти в залу он не захотел, вероятно, не желая сопровождать туда свою знакомую.

— Вы пойдете слушать? — спросила она с усмешкой некоторого пренебрежения.

— Да, право, не знаю, — говорил он и провел рукой по волосам.

— Останьтесь тут, в этой гостиной, — уже мягче и с ударением выговорила она и указала ему на диван.

"Судьба", — вымолвил он про себя и поплелся за ней к большому дивану.

— Так вы не для себя? — шутливо переспросил он свою собеседницу.

— Я с кузиной... Не знаю, зачем она меня всегда упрашивает? Но я рада, что встретила своего человека...

Переведя дух звонкой нотой, она, точно в упор, спросила:

— Много работаете?

— Где! — откликнулся он и махнул рукой. Собеседница приблизилась к нему и, кажется, хотела взять его за руку.

"Ну, и претерпевай!" — подумал он, уныло поглядев в сторону двери.

— Ах, я так бы хотела поговорить с вами... о моей вещи... но, знаете, поговорить по-товарищески... Есть разные детали... Я, как девушка, не могу еще овладеть настоящим колоритом... Вы меня понимаете?

Выходило как будто смешновато; но голос ее вздрагивал: слышно было, что нервы ее очень натянуты. Он боком взглянул на нее и серьезнее подумал: "В сиротстве находится, ну и взыскует".

4

— Мы мало очень видимся, Лука Иваныч, — продолжала она, — но я вас давно знаю. Отнеситесь ко мне теплее... Вы не поверите, как трудно работать без всякого отклика.

— Да вы разве одни?

— Вы думаете: кузина моя? Полноте!..

Она не договорила. Он не стал и допрашивать. Они бы долго просидели так на диване, в полуинтимных и неопределенных разговорах, если б из уборной, справа, не вышла молодая женщина такой наружности и в таком эффектном туалете, что оба они разом повернулись к ней лицом — и смолкли.

II

— Елена, это — ты? — окликнула она особу в странной прическе.

Он немного привстал. Не желая того, оглядел он ее всю очень быстро и, несмотря на свою близорукость, весьма отчетливо.

Ему не приводилось, в близком расстоянии от себя, видеть женщину с такой яркой, охватывающей внешностью: глаза, щеки, волосы, плечи, стан, руки, полуоткрытые до локтя, — все это обдавало горячей струей молодой, блистающей жизни. Он почувствовал на себе эту струю почти физически — и туалет заиграл перед ним своими переливами. Светло-лиловое платье, с кружевами и оборками, высокая фреза вокруг шеи, что-то такое вроде жилета, хитро выглядывающее из-под лифа. Точнее он не мог определить; но он и не желал дольше останавливаться на платье: лицо опять привлекло его.

— На минуту, — кивнула она кузине и, обративши к нему глаза, прибавила, — вы позволите?

Он сумел сделать какой-то жест головой, кажется, не совсем такой, как следовало, начал краснеть и отворачиваться вбок.

Собеседница его не совсем охотно поднялась, и они обе отошли к двери.

Дама в лиловом что-то весело и живо начала говорить вполголоса, а потом взяла за руку особу в странной прическе и повела ее в залу.

Оставшись один, он не встал, а вскочил с дивана и почти бросился в читальную комнату. Его ужаснула возможность возвращения собеседницы. В читальной он, однако ж, не остался. Его потянуло в большую залу.

Остановился он в дверях и начал искать мелькнувшую перед ним голову с русыми косами и с белой шеей, выходившей так стройно из-под фрезы. Не мог он не сознать того, что он действительно ищет глазами и эти косы, и эту шею. Там, на эстраде, какая-то певица что-то такое выделывала; а в его ушах все еще звучал несколько густой, ясный и горячий голос двух самых простых фраз.

Ничего он не рассмотрел. Виднелось много женских маковок и столько же шей, но светло-лиловое платье исчезло.

— Позвольте-с, — толкнул его дюжий армейский гусар, идя под руку с пухлой, набеленной барыней.

Он не обиделся, сообразив, что стоял на самом проходе. От двери перешел он в угол, поднялся на подножку, идущую вдоль стены, оглядел залу во всех направлениях — исчезло светло-лиловое платье. Пробираться вперед он не решился. Совсем не такая на нем была "пара", чтобы показывать себя у самой эстрады. Ощущение тревоги, вместе с едкой ноткой пронзительной петербургской скуки, начало засасывать его. Как-то по-детски представилось ему, что, если светло-лиловое платье совсем исчезло, то незачем ему и оставаться дольше тут, на этом клубном вечере.

"Стало быть, ищи", — как бы серьезно приказал он себе и побрел по другим комнатам. Первая половина концерта в зале кончилась, публика начала расползаться. Он было мужественно пошел навстречу парам, идущим из залы, но образ его собеседницы опять смутил его. А ведь, наверное, придется встретить и ее.

Из того раздумья был один исход — столовая или лестница. В столовой ему нечего было делать: если б встретился хороший человек, он бы выпил с ним пива; а так, одному... Оставалась лестница.

Он уже достигал площадки, где отбирают билеты.

— Лука Иваныч!

Бежать нельзя было. Голос собеседницы он узнал.

— Вы уже домой?

— Домой, — ответил он совсем расклеенным тоном.

— Могу я вас просить на два слова, всего на два?

Она так жалобно это говорила, что ему сделалось почти совестно.

— К вашим услугам.

И опять он поплелся за ней к дивану гостиной.

— Вы мне так нужны, добрый Лука Иваныч, я теперь на самом критическом пункте моего замысла. Пожалуйста, пожертвуйте мне каких-нибудь два часа, даже меньше.

— Извольте, извольте, — отговаривался он и всем своим существом боялся в эту минуту одного: чтобы не подошла опять к ним кузина. — Когда же?

— Да как прикажете...

— Благодарю вас! — воскликнула она с положительной дрожью в голосе.

Он почувствовал, как она его схватила горячей и вздрагивающей рукой, рукой нервной девицы за тридцать.

— За что же-с?..

— Назначьте день и час... Ах, какая я! Я ведь и не сказала вам, где я живу... Вы помните, вы заходили как-то ко мне, на Фурштадской... помните?..

— Как же.

— Славное тогда было время!.. Кузина упросила меня... не знаю уж зачем... разве я могу быть для нее приятной?.. Я и переехала к ней. Но она меня не стесняет, у меня своя комната... Когда хотите — утром, вечером. Это в той же местности, на Захарьевской... Квартира мадам Патера.

— Как-с? — переспросил он.

— Это — фамилия ее... моей кузины... Госпожа Патера... а нумер-то я вам и забыла сказать... нумер двадцать шестой... Вы не забудете?

— Припомним.

— Фамилию трудно забыть: госпожа Патера. Приходите хоть завтра перед обедом, часа хоть в три, или вечером.

— Мне удобнее перед обедом.

— Она меня сейчас спрашивает: Елена, кто этот господин, с которым ты сидела на диване? Я называю вас. Вы извините... она так мало знакома с нашей интеллигенцией, что, кажется, имя ваше слышала в первый раз.

— Мудреного в этом ничего нет, — отозвался он с простой усмешкой, — не в таких чинах.

— Ах, полноте!.. Я вам только передаю наш разговор. Она мне вдруг говорит: хоть бы ты меня с кем-нибудь из них познакомила... Как вам нравится это — из них?

— Основательно.

— Вы все дурачитесь, Лука Иваныч, а, право, обидно видеть...

— Ничего-с.

И он привстал с явственным намерением ретироваться. Им снова овладела малодушная боязнь, как бы их не застала "кузина" и не потребовала его самого к ответу.

Он протянул руку энергическим движением и торопливо сказал:

— Явлюсь на днях.

Не успел он переступить порога читальной, как из дверей в залу показалось светло-лиловое платье.

За дверью он остановился и еще раз долго и сосредоточенно оглядывал все: и волнистый шлейф, и стан, и шею, и русые косы, перевязанные лентой пониже прозрачных ушей.

III

Усиленно думать начал он, только очутившись опять в санях, под полостью и шапкой.

— В какой проулок-то, барин? — переспросил его

извозчик, в котором он узнал "дедушку", доставившего его к клубу.

— В Ковенский переулок, старина.

— Машкарат нешто здесь седни?

— Вечер, — ответил он, закрывшись с обеих сторон воротником.

— А намедни, под понедельник пришлось, в Каменном театре машкарад был. То-то сраму я насмотрелся!.. Посадил я барина в енотовой шубе и барыню в богатом салопе, лицо-то у ней черной тряпицей обвязано. Везу я их — "в Биржевую" приказали. Ладно. Доставил. Подожди, говорит мне барин, с полчасика...

Под отрывистую болтовню извозчика седок продолжал свою думу... Ему куда как не хотелось домой; но больше некуда было деваться. Эта встреча в клубе как-то особенно его раздразнила. Приехал он туда, переполненный всей преснотой, всей тяжестью своего житья, и точно будто кто поднес к его губам один благоуханный край дорогой чаши, поднес и отнял. А в душе оставил горький до боли осадок.

"Ну, вот и дожил почти до сорока лет, — перебирал он про себя, — здоровья нет, молодость ушла, продежурил здесь бессменно, не выезжая из Литейной части дальше второго Парголова, ни разу даже не мог до какого-нибудь Киссингена доехать; а уж, кажется, могу похвастаться катаром"...

Он вдруг остановил нить своих сетований. Их тон выходил, помимо его желания, такой водевильный, такой добродушно-ворчливый, а ведь на душе у него было гораздо тоскливее и тяжелее. Что же делать? Не выходило иначе; вряд ли бы вышло иначе, если б он собрался и совсем уйти из той серой и пресной сутолоки, которую все вокруг него звали "жизнью".

— Только, братец ты мой, — продолжал старичок извозчик, давно уже рассказывавший свою маскарадную историю, — как выскочит оттуда барин-то и тащит за собой другую, ростом пониже и в шубейке такой куцой, и лицо без тряпицы, на вид смазливая. Этак, кричит, ты прокуратишь, бесстыжие твои глаза?!. А она ему в ноту, куражу не теряет: тыто чем же лучше меня, говорит, коли ты из машкарата от живой жены мамзелей возишь, так и я вольна, с кем хочу, потешаться!!. Срамота! Мне спервоначалу и невдомек: что-де такое у них приключилось?.. А потом и догадался я, что барин-то, седок-от мой, муж ейный, в колидоре, в нумерах, надоть так думать, и повстречал жену... А она, выходит, точно таким же манером из машкарата — шасть с мусьяком каким... Все это, милый барин, видемши, со стыдобушки вчуже умер, ей-и-богу; а немало годов на свете треплюсь — седьмой десяток пошел.

Восклицание возницы заставило седока поднять голову. Он смутно понял содержание его рассказа и спросил добродушно болтливого старичка:

— Хорош городок Питер?

— Что и говорить! — откликнулся тот высокой нотой и махнул правой рукой.

"Срамота!" — повторил про себя седок крестьянским звуком: "срамота тут и там, и вне себя, и в себе!"

— Стой! — порывисто остановил он извозчика.— Проехали ворота!

Тяжело спустил он ноги в больших теплых "бахилах" (так он звал свои зимние калоши) на рыхлый снег, неловко вынул портмоне, расплатился, кивнул головой дежурному дворнику, завернутому в нагольный тулуп, и скрылся в дверку запертых ворот. Его бахилы зашмыгали по скользкому, нечистому двору, ничем не освещенному на всем своем протяжении. За вторыми воротами, справа, виднелось крылечко с крутыми ступеньками и навесом на тонких железных прутьях. Жилец взобрался на крылечко и начал подниматься по совершенно темной и узкой лестнице, с запахом стоялой воды, капусты и помоев.

На площадке третьего этажа он позвонил. Нескоро ему отперли, но он не стал нетерпеливо дергать за ручку колокольчика; он только переминался немного, отворачивал воротник шубки и снимал полегоньку с шеи свой шерстяной шарф.

Минуты через три послышались за дверью шаги и отмыкание дверного крюка, а потом хмурый и сонный женский голос:

— Кто тут?

— Да я же, Татьяна, отопри, пожалуйста, — уже несколько нетерпеливее откликнулся хозяин квартиры.

Не тотчас все-таки отворилась дверь — крюк туго поддавался, — и Татьяна, раза два выбранившись, впустила, наконец, барина.

— Анна Каранатовна спит? — спросил он кухарку, проталкиваясь между нею и половинкой двери и ощупью проходя чрез узкую прихожую, с воздухом кухни, которая помещалась тут же, за стеклянной перегородкой.

— Нет, еще не спит, кажется, — промычала Татьяна с сильным сапом, — да, никак, и гости у них... Шубу-то, пожалуйте, я сыму, Лука Иваныч.

Лука Иванович дал стащить с себя свою незатейливую шубку на кротовых "спинках", как он называл ее мех, и снял бахилы, держась за косяк двери, ведущей в его рабочую комнату. А с левой стороны светилась внизу щель вдоль другой двери, и оттуда доносился не то разговор, не то чье-то монотонное, Точно дьячковское, чтение. Оно вдруг прекратилось на несколько секунд, но потом опять пошло гудеть. Голос был явственно — мужской.

— Огня вам, что ли? — все так же хмуро спрашивала Татьяна: — Так я там зажгу свечку, пожалуйте.

— Не надо, у меня есть спички...

— Да который час будет? — осведомилась Татьяна и зевнула с каким-то завываньем.— Чтой-то барышня как засиделись... Вам бумаги принес Иван Мартыныч, да вот и сидит все, книжку, что ли, читают... Чай уж, поди, двенадцать в исходе?..

— Около того, — отозвался Лука Иваныч, отворяя дверь в свою комнату.

— Ну, так я пойду скажу им... ровно не слышат, что звон был.

Весь этот разговор происходил в темноте. Татьяна двинулась, почесываясь, к двери, откуда виднелся свет, а Лука Иванович вошел было к себе, но остановился и окликнул ее:

— Татьяна!

— Чего вам?

— Настеньку давно уложили?

— Не знаю я; должно быть, давно; я с самого вашего ухода прикурнула, только барышне солонинки с хренком подала, часу, что ли, в десятом; так дите уж не кудахтало: надо быть, уложили ее.

— Хорошо, — тихо заметил Лука Иванович и затворил за собой дверь.

Тусклый стеариновый огарок осветил немного узкую, об одно окно, комнату такую как раз, какая отводится в дешевых петербургских квартирах под "кабинет". В глубине, на клеенчатом диване, постлана была постель совершенно холостого вида, с серым фланелевым одеялом и сафьянной подушкой. Стены были тоже серенькие, в пятнах; на окне одна стора, без гардины, стол, под орех, с Апраксина, завален ворохом ненужной бумажной трухи, с кой-какими замшаренными "письменными принадлежностями". На окне и на ломберном столике валялись книги. В углу примостился невзрачный шкапчик, тоже с книгами. На стенах ни одной картинки. В комнате стоял запах папиросного табаку и сырости.

Обладатель ее уныло оглядел и стол, и постель, и, не раздеваясь, закурил папиросу. Сделал он несколько шагов между письменным столом и дверью, но тотчас же сел в сломанное кресло и стал усиленно дымить, точно собираясь кого-нибудь слушать или рассказывать.

IV

Дверь скрипнула, и боком вошел в комнату черноватый, курчавый малый, лет под тридцать, в мундире военного писаря.

— Это вы, Мартыныч? — встретил его Лука Иванович.

— Так точно-с, — ответил писарь, приторно улыбнувшись,

и сейчас же взялся правой рукой за обшлаг, повыше второй пуговицы снизу.

— Вы меня дожидались? Разве это к спеху? Переписали?..

— Так точно-с, — повторил с той же интонацией Мартыныч и встряхнул волосами, которые у него на тупее завивались в спираль.

— Да вы бы оставили здесь!

— Я и оставил-с... Анна Каранатовна тут вот на столе положили... Вон около шандала-с сверток... А потому собственно, как генерал Крафт приказали побывать у вас и самолично передать.

— Что такое? — лениво спросил Лука Иванович.

Писарь отошел шага на два от двери и выставил вперед правую ногу в форменных панталонах с кантом.

— Они приказали доложить, что, как собственно, теперь в типографии работы мало, так надо бы, то есть, поспешить с оригиналами-с.

— Это насчет моего оригинала?

— Так точно-с.

— Да ведь я, кажется, не задерживаю работы. Вот ведь и вам надо время переписать...

— Оно, конечно-с; генерал так больше, я полагаю, из аккуратности... немецкого рода они, ну, и во всем у них порядок.

"Кажется, он точно привирает", — подумал Лука Иванович и встал с кресла.

На столе лежал сверток, ловко увязанный шнурком. Лука Иванович развернул его, освободил тетрадь из-под обертки и оглядел ее. Она была из плотной глянцевитой бумаги, сшита двухцветным шелком. Каллиграфия поражала писарским изяществом.

— Вы уж, кажется, очень стараетесь, — промолвил он в сторону Мартыныча, — да и бумага-то чересчур хороша.

Мартыныч усмехнулся в руку и, откашлявшись, выговорил:

— Материал казенный.

— Вот разве казенный, — повторил Лука Иванович и тут же

спросил себя мысленно: "А сколько я ему должен? Не мало. Недаром же он меня дожидался до сей поры".

Вопрос этот таки смутил его. Он даже покраснел; по крайней мере почувствовал, как краска начала подступать ему к щекам.

— Сколько вам следует? — глухо спросил он писаря, стоя к нему боком.

— Не важная сумма, не извольте беспокоиться. Я не за этим, верьте слову. А как, собственно, генерал Крафт завтра спросят: был ли, и хоть они и не начальник мне прямой, а все нельзя их не уважать, ну и нрав у них аккуратный... Из немцев они... А тут и Анна Каранатовна пожелали книжки послушать... у меня же случилась...

— Вы — любитель? — осведомился Лука Иванович, улыбнувшись и чувствуя, как кровь у него начинает отходить от щек.

— Книжки люблю-с с малолетства больше куренья или чего прочего. Очень вот теперь хорошо пишет господин Белло.

— Кто такой? — переспросил Лука Иванович.

— Белло-с; прежде вот Дюма гремел, а теперь Белло... И заглавие всякой книжки умеет дать: "Девица Жиро — жена моя". Ну, каждому и занятно.

Лука Иванович добродушно и тихо засмеялся. Ему вторил и Мартыныч.

— Что ж, это — хорошо! — решил Лука Иванович и слегка зевнул.

— Счастливо оставаться, — пустил тотчас же воспитанный Мартыныч.— Прощения прошу, что обеспокоил вас; а насчет писанья моего — не извольте беспокоиться: дело не к спеху.

И он так повел правой рукой от обшлага к своему собеседнику, и так ухмыльнулся широким и бледным ртом, что не трудно было понять:

"Мы-де с деньжонками, быть может, и вам ссудить придется".

Только все это — в самой безупречной форме, на какую только способен тонкий писарь.

14

— Благодарю вас, — выговорил очень смиренно хозяин кабинета и на поклон Мартыныча ответил уныло-приветливой улыбкой.

Мундирные пуговицы сверкнули, и ночной посетитель удалился, слегка шаркнув одной ногой.

Лука Иванович снял сюртук; но раздеваться совсем не стал, а надел только халат, серый с красным кантом, довольно-таки поживший, с закапанными рукавами и бортами.

Тихо перешел он через переднюю от своей двери к той, откуда виднелась полоска света, и не сразу вошел туда, а сначала притворил немного дверь и заглянул в комнату.

— Ты не ложилась? — почти шепотом спросил он.

— Нет еще, — откликнулся женский, еще молодой, но какой-то неряшливый голос.

Лука Иванович перешагнул порог.

Комната была побольше его кабинета, в два окна, смотрела гораздо веселее от светлых обоев с букетцами. Весь правый угол занят был кроватью с целой горой подушек. Налево, на небольшом рабочем столике, стояла дешевенькая лампа под розовым абажуром. Она бросала на все полутаинственный, полунарядный свет. Мебели было довольно: и кушетка, и шкап, и туалет, и пяльцы, и этажерочка, и комод, с разными коробочками и баночками: все это разношерстное, но не убогое. На окнах висели кисейные гардины.

У туалета сидела женщина, на вид еще очень моложавая, блондинка, с широким худощавым лицом и совершенно бледными глазами, в голубенькой ситцевой "круглой блузе", какие попадаются теперь только в России. Она распускала свою косу, довольно густую и очень светлую, собираясь припрятать ее под ночной чепчик. Подняв правую руку к волосам, она слегка щурила левый глаз, и на переносице ее низковатого и сухого лба явилась недовольная морщинка.

На Луку Ивановича она взглянула немного исподлобья, равнодушным взглядом, и тотчас же губы ее оттопырились в жалостное выражение.

— Небось в клубе были? — выговорила она, глядя в другую сторону.

— Скука, — отозвался Лука Иванович и тотчас же, присаживаясь на кушетку, спросил с явственной заботой, — Настенька нынче не очень кашляла?

— Покашляла; экая важность! ничего с ней не будет — только мнительность ваша...

— Тем лучше.

— Мартыныч тут все сидел, вас дожидался.

— Ну, и насчет литературы тоже прошлись? — спросил Лука Иванович, сделав особую смешливую мину.

Блондинка чистосердечно улыбнулась и заговорила с некоторым даже оживлением, хотя все тем же тягучим, неряшливым голосом:

— Какую книжку он мне все читал: "Огненная женщина" называется! Вы не слыхали?

— Как не слыхать!

— А вот мне небось не принесли. Что мне в ваших журналах!.. Это, по крайней мере, так занятно, совсем все видишь: как история разыгрывается. Не мало, чай, за такие книжки денег платят?

— Говорят, автор-то замок уж себе выстроил, — все в том же смешливом тоне отозвался Лука Иванович.

— Видите, вот. А от вашего-то строченья — какая сласть?.. Сидите, сидите... то одну книжку почитаете, то другую, почнете потом из угла в угол комнату межевать, а там, глядишь, первое число придет...

Она не договорила и только мотнула выразительно головой.

— Что ж делать, Аннушка, — не торопясь выговорил Лука Иванович, — таланту такого нет, как у "господина Белло-с".— Он выговорил последние слова с интонацией Мартыныча.

— Вот этого самого сочинителя и есть "Огненная женщина"! — подхватила блондинка в блузе.— Я все припомнить не могла, как его фамилия. Только до конца-то нам еще далеко... Так хочется мне знать теперь: как это она мужа своего старого изведет... А к этому идет дело... я сразу догадалась.

16

— Ну, и мне потом расскажи: я не читал.

— Да ведь вы все насмешничаете... как следует, от вас слова не добьешься. Оно и всегда так бывает от большого ума... кто о себе много воображает.

Лука Иванович пропустил это замечание без протеста. Он продолжал покуривать.

— Видели, бумаги-то принес Мартыныч?

— Видел.

— Небось хорошо переписаны?

— Большой мастер.

— Еще бы!.. Зато жалованья одного двенадцать рублей, квартира опять, и доходы разные от переписки — нечего и говорить, живет аккуратно...

Она что-то не досказала. Справившись с косой и сжав немного губы, начала она опять с оттяжечкой:

— Мартыныч мне ручную машину хочет достать... говорит, на прокат можно за дешевую цену, а мне, говорит, по знакомству и совсем задаром дадут. Да это он так только, по деликатности, а с него плату возьмут. Аккуратный человек!..

Она вздохнула. Лука Иванович курил.

— Вам небось все равно, если он мне такую услугу окажет?

— Что за вопрос? — уже серьезнее откликнулся Лука Иванович.

— То-то, я так спрашиваю... Кто вас знает, вы, пожалуй, обидетесь?.. такой у всех писателей нрав. А мне машинку давно хочется. Вы когда еще посулили... настоящую, в сто рублей, чтоб и ботинки тачать, а где же вам!.. Я и не требую: не такие деньги получаете.

Нижняя ее губа несколько оттопырилась. Лука Иванович опустил глаза.

— Дело возможное, — пробормотал он.

— Однако же, вот не справили и ручной... Я нешто жалуюсь... Я только к слову... Благодарение Создателю, что сыта да обута, да комната есть.

Он слегка поморщился. Она это заметила.

— А мне ручная машина на руку будет. Первое дело —

17

шутя выучусь, второе дело — детское, что понадобится, сейчас живой рукой... Мартынычу все бы за это надо хоть полтинничек в месяц; вы как думаете, Лука Иваныч?

— Разумеется!

— Хорошо это вы говорите: разумеется; а до дела коснется — и выдет один разговор. И так уж совестно... Сколько теперь он вам листов переписал? Я так мимоходом его давеча спросила...

— Ну? — с некоторой тревогой откликнулся Лука Иванович.

— Деликатный он человек, я уж вам говорила, и деликатный-то еще какой!.. А я по голосу его и по всему виду чувствую, что ему не хочется мне всю правду открывать.

Лука Иванович встал с кушетки.

— Надо ему на той неделе... — почти сконфуженно вымолвил он.

— Этакого человека обидеть недолго, Лука Иванович; ведь это его, трудовое. Только вы не подумайте, что он сам жаловаться стал — ей-богу, нет! Я насилу добилась от него ответа насчет листов, да и то небось притаил что... Вы хоть бы половину, что ли... Нужный человек...

— Хорошо, Аннушка, хорошо, — торопливо перебил он ее и запахнул свой халат, собираясь уходить. — Я вот насчет Настеньки хотел... Завтра поутру, не забудь порошок... непременно; я, пожалуй, поздно проснусь.

— Что за порошки... одна трата.

— Пожалуйста... я бы и сам, да рано не встану.

— Вот опять до петухов писать будете: а завтра начнете хныкать: голову разломит, нервы всякие...

И она глуповато рассмеялась.

— Так, пожалуйста, — повторил он, — красненький-то порошок.

— Хорошо. Чай, своя, не уморю.

Он кивнул ей головой, но руки не протянул.

— Свечи-то опять все сожжете, да и я-то засиделась... Вы бы лучше уж керосин жгли. Постойте, в клубе-то театр был, что ли?

— Вечер.

— Вы — даром?

— Нет.

— Неужто деньги платили? А сами сказывали — скука смертная... Хоть бы для меня достали даровой билетик. Мартыныч говорит: в прикащичий во всякое время, сколько угодно могу добыть билетов... Покойной ночи!

Она зевнула и встала со стула. Дверь за Лукой Ивановичем затворилась.

V

За письменным столом он посидел недолго, посмотрел переписанные Мартынычем листы и кое-где сделал поправки карандашом.

Под одеялом, на диване, он поворачивался не меньше часу. Спать давно была пора; но мысль забегала и туда, и сюда, захватывая по пути и прошлое, и то, что теперь висело над головой, словно петербургская болотная мгла. Новый толчок к этому беганью мысли дала женская фигура в светло-лиловом платье... Иначе и быть не могло. Лука Иванович, закрыв глаза, ясно видел все очертания пышного бюста и все даже складочки платья. Так все это и вырезалось на фоне гостиной, в какой-то особой перспективе, как оно часто бывает, когда думается о чем-нибудь с зажмуренными глазами. И тотчас после того всплыла "Аннушка", со всей обстановкой ее комнаты, в розоватом свете лампочки, с широким, плоским лицом и голубой круглой блузой. Выплыла и сразу пахнула тем, от чего Лука Иванович не может уж никуда убежать... точно в ней в этой голубой блузе сидит вся действительность, вся ее правда, вся ее поденщина... Не с ней, не с этой круглой блузой дотянул он всю свою жизнь до сегодняшней ночи; но она засадила его, быть может, навсегда в клетку, где и прежде было также не нарядно, да все-таки что-то как будто мелькало...

"Настеньке-то лекарства не дадут", — вдруг выговорил он

19

про себя, и мысль его остановилась на дохленькой трехлетней девочке. Ведь вот она ему дорога же? Ему не хочется, чтобы ее детский кашель перешел в коклюш или во что-нибудь еще посерьезнее. Жаль ему ребенка — больше ничего. Пускай живет в сухом углу, пускай ест белый хлеб и ходит в крепких платьицах. Эта девочка доставляет ему что-то похожее иногда на семейный "очаг". Зовет она его "Юка", вместо "Лука", и это всякий раз веселит его. Она чувствует, что "Юка" — ее приятель, что от него ей никогда не достанется тукманок и окриков, как от "маньки", как она звала свою мать.

Эта девочка все, собственно, и сделала. Через нее жаль стало и мать. Лука Иванович почему-то заставил себя, поворачиваясь на кушетке, повторить, что именно "через Настеньку так все и вышло". Столкнулись они с Анной Каранатовной, как сталкиваются сотни пар в Петербурге. Ну, и ничего бы из этого не вышло, если б жалость не закралась... Одна ли жалость? Не замучила ли холостая хандра? Не заговорила ли запоздалая прыть показать, если не людям, то хоть самому себе, что он еще не так забит жизнью, что он не то, что себя одного, но и еще две человеческих "души" может прокормить. Полно, может ли?

Татьяна всхрапнула в кухне. Лука Иванович раскрыл глаза и глядел в темноту. Сердце у него явственно, физически сжималось.

"Полно, можешь ли?" — спросил еще раз невидимый собеседник. А что сейчас Аннушка говорила? Даже писарь Мартыныч солиднее тебя: обещал достать швейную машинку задаром и, наверное, достанет. Ты — его должник, с ним, с таким же поденщиком, как и ты, не можешь как следует рассчитаться... не можешь!.. У тебя в портмоне лежит одна красненькая, а ему ты больше десяти рублей должен; попробуй завтра отдать — Настеньке не на что будет красных порошков купить, и пойдешь по редакциям да по приятелям одолжаться трехрублевой бумажкой... Разве не правда?"

Вопросы были все обыкновенные, но отчего-то у Луки Ивановича выступил пот на лбу. Он откинул голову на подушку и расстегнул ворот рубашки. Ему невыносимо обидно стало от его полунищенства: оно представилось ему во всей своей унизительной пошлости и мелкой прозе. В нем сидело, как в окончательном выводе, все его прошлое, вся бесталанность его "карьеры". Он выговорил это слово, как бы дразня себя, и обратил глаза к письменному столу, уже ясно видному в темноте, после получасового лежанья. Сменялись на этом столе разные книжки и брошюры, газеты и журналы, исписано многое множество и графленой и неграфленой бумаги. За этим самым столом выучился он — шутка сказать — по-испански, и Кальдерона может без словаря читать, и статью задумал о таком испанском публицисте, о котором никто еще и не писал. Может он всякую работу взять на себя, всякую, только бы не требовали "купли-продажи" его совести... Да, признаться сказать, никто и не требовал, никому ее не нужно: малая, видно, ей цена. Пишешь — хорошо, а замолчишь — и того лучше. "Неужели оно так?" — совсем подавленный, спросил себя Лука Иванович и должен был сознаться, что "оно так". Никто и не просил его жить для идеи, никто не собирался с ним на войну, никто даже не подряжал его для схваток с личностями, не то что с принципами. Сам он работал "поштучно". Принесет, покажет: понравится — купят, не понравится — ступай, нам не требуется. Или сидел за черновой работой по найму. Заболей — явится десяток таких же грамотных, как он. Сегодня Лука, завтра Иван или Павел. Испанского языка не надо: за глаза и английского с французским!

"Стало, по этой части у тебя — нуль, если не хочешь убаюкивать себя наивным вздором. И куда пойдешь, к кому примкнешь, от кого будешь требовать симпатии своему делу, своей идее, своему признанию? Мартыныч — и тот член корпорации; он прочно сидит на своем писарском стуле, у него обеспеченная дорога, разве сам проворуется; он не мечтает только о наградах — они придут к нему; он каждый день нужен и знает, кому жаловаться и от кого ждать поддержки. У тебя же ничего этого нет, да и быть не может".

Дальше Лука Иванович уже сам не захотел развивать свою

мысль. Но приходилось все-таки сознаться, что на две лишних души "продовольствие" не было обеспечено. Следовало покончить с этим выколачиванием рублишек из поштучной работы, поставить крест на всем своем многолетнем, никому не нужном труде и идти искать тех гарантий, какие имеет же вот писарь Мартыныч. Иначе, как смотреть спокойно хоть бы на ту же Настеньку? Зачем приучать ее к себе? Зачем приучать и самого себя к каким-то точно отеческим чувствам, заботам и... затем? Все ведь это не только смешно, но и просто гадко. Опять уперся он точно в какую стену. Дальше думать в этом направлении было слишком горько.

"Хоть бы ты мог, — нашептывал все тот же невидимый собеседник, — сказать в утешение себе, что пожил на своем веку, вкусил всего, что человеческая живая душа извлекает из жизни, когда умеет. Был ли ты, хоть один раз, на пиру, смел ли требовать своей доли наслаждения... да, требовать, а не довольствоваться подачкой, объедками, насмешками случая! Брал ли ты с боя хоть что-нибудь: духовную радость, чувственное раздражение, упоение эгоизма или тщеславия?.. Привлек ли к себе хоть одну женщину, заставил ли ее сдаться, признать хоть в чем-нибудь твое превосходство?.."

Лука Иванович болезненно вздохнул. Он решительно не мог выносить больше всех этих вопросов. Не его вина, что с самых сумерек им овладело такое малодушное настроение; разве он желал, чтобы вслед за неясным, бесформенным, т. е. обыкновенным недовольством, явились такие ясные, крупные, беспощадные вопросные пункты? В нем какой-то другой Лука Иванович почти вознегодовал, перестал, наконец, прислушиваться и давать приниженные ответы, захотел принудить себя ко сну...

Этот другой Лука Иванович заснул, однако, не раньше четырех часов. Он не мог отвязаться от разных лиц и фигур, опять заменивших собою вопросы. То покажется Мартыныч, и из-за него выглядывает книжка в яркой обертке и слышится, как писарь произносит, точно бутылку пива откупоривает: "Господин Белло-с". То встанет во весь рост не старый еще генерал, с расчесанными, точно у кота, бакенбардами, и говорит: "все это — литературные пустяки, и нам этого не надо"... "Чего не надо?" — спрашивает его Лука Иванович и вспоминает, что он предлагал генералу перевести что-то с испанского. То десятирублевая бумажка начнет дрожать в глазах, да так ясно, и раздается голос Аннушки: "Ах, вы — сочинитель! где уж вам машину купить!" Потом все спуталось; но сна все еще не было. Всплыл последний образ, и Лука Иванович ему ужасно обрадовался. Среди яркого освещения, снова показалось светло-лиловое платье; сначала только платье, а потом курьезный жилет, кружева, фреза, шея; а там и глаза, да такие живые, горячие, радостные, что Лука Иванович встрепенулся и схватил себя за голову. И стало ему почему-то понятно, что все его томительные думы были только преддверием к этому вот заключительному образу.

Тут ему захотелось спать как следует: веки отяжелели, мозг утомился и из груди вылетел стон облегчения.

И совершенно отчетливо вымолвил он про себя:

"На углу Сергиевской... квартира..."

Имя ему не сразу досталось; но он сделал над собою усилие и припомнил.

"Квартира госпожи Патера", — докончил он.

Беспокойные часы, стучавшие в кухне своим маятником, с каким-то задорным вихлянием, проскрипели четыре.

VI

Швейцар Петр Павлович, по фамилии Троекуров, сидел перед своей конуркой, у перил площадки первого этажа, откуда он мог, потянувши шнурок, отворять и затворять дверь парадного подъезда. Он уже тридцать лет швейцарствует и собирается умереть все на том же месте. Редко входит он внутрь своей ложи, — все сидит у перил; иногда и задремлет, но больше бодрствует; то поднимет голову вверх: не спускается ли кто оттуда, чтобы дернуть за шнурок, то поглядит вниз по лестнице. Он — седой, бритый, приземистый старик, с красными жилками на щеках, в гороховой ливрее и картузе с позументом.

Часу в третьем кто-то взялся за дверь подъезда. Петр Павлович тотчас же почувствовал это, дернул за шнурок и свесил голову через перила. Фигура входившего показалась ему как будто подозрительной.

— Вам кого? — окликнул он, прищуриваясь, отчего его щеки получили презабавное выражение.

— Квартира госпожи Патера, — почти смиренно ответил Лука Иванович, опуская воротник своей шубки.

— Здесь, — откликнулся Петр Павлович, все еще со свешенной через перила головой.

— Который нумер? — осведомился Лука Иванович уже на площадке.

Швейцар приподнялся со стула и добродушно ему улыбнулся, приложившись рукой к козырьку картуза.

— Во втором этаже, по правую руку... а позвольте узнать: как ваша фамилия?

Этот слегка полицейский вопрос заставил Луку Ивановича чуть не покраснеть.

— Моя фамилия? — почти стыдливо выговорил он.

— Да-с, на всякий случай, знаете, если понадобится... и адрес бы соблаговолили заодно... У меня и книжка такая ведется.

— Моя фамилия — Присыпкин.

— Как-с? я туговат на правое-то...

Швейцар был положительно презабавный.

— Присыпкин...— повторил Лука Иванович уже обычным своим тоном.

— Какой вы губернии?

— Да я здешний, петербургский.

— Присыпкин... так вы изволили сказать?.. Таких я господ не знавал. Вот Пестиковы были у нас по соседству. Опять еще Пальчиковы... большая фамилия... я разных Пальчиковых знавал... А моих господ вам фамилия известна? Курыдины?.. Не слыхали — ась? Я с барыней пять годов в Италии прожил... синьоре, коме ста? Изволите понимать?.. Вам, бишь, госпожу Патеру... так их нет: уехамши, уже больше часу будет.

Лука Иванович приостановился и выговорил в тон швейцару:

— Вы не изволите беспокоиться, я не к самой госпоже Патера, я к живущим у них.

— Прошу покорно, — отозвался Петр Павлович и показал рукой путь наверх.

Весь этот неожиданный разговор с швейцаром приободрил Луку Ивановича; успокоительно подействовало на него и то, что госпожи Патера не было дома, хотя он, отправляясь сегодня из дому, рассчитывал, быть может, на другое.

На доске, под стеклом, в ореховой рамке, он прочел: "Юлия Федоровна Патера" и очень скромно ткнул в пуговицу электрического звонка. Ему отворила горничная, уже не молодая, с худощавым, тонким лицом, в темном платье. Таких горничных ему еще не приводилось видеть. Он скорее принял бы ее за гувернантку, если б на ней не было темного же фартука.

— Юлия Федоровна уехала кататься, — встретила она Луку Ивановича с такой солидной развязностью, которая показывала, что она часто говорит с посетителями.

— Я, собственно, к госпоже Гущевой.

— Дома-с, — кратко доложила горничная, и лицо ее тотчас же сделалось гораздо строже.

— Доложите: Присыпкин, Лука Иваныч.

— Пожалуйте сюда, — указала горничная вправо, а сама пошла налево неторопливым шагом. Она было хотела помочь гостю снять шубу; но он ее до этого не допустил.

Лука Иванович, приподняв тяжелую портьеру, очутился в салоне, несколько темноватом и тесном, набитом всякой мебелью, растениями, лампами, трельяжами и занавесками. Душно в нем было от разных запахов. В камине каменный уголь тлел и потрескивал. От него шла раздражающая теплота.

Лука Иванович не успел хорошенько осмотреться, как его имя произнес сзади знакомый ему голос:

— Ах, как вы великодушны! — заговорила вчерашняя посетительница клуба, все с той же прической, но в длинной домашней мантилье, сажая его на диван, где ему оказалось очень неловко.

— Чем же так? — спросил он.

— Как же, помилуйте, посетили меня, и так скоро...

Она протянула ему руку и придержала ее. Лука Иванович опять почувствовал в этой горячей руке нервное какое-то дрожание и поглядел в лицо своей собеседнице. Лицо было красно, точно его изнутри подогревали. Глаза, окруженные большими веками, тревожно вспыхивали. Во всем ее тощем теле ясно было напряжение, передававшееся физически в рукопожатии.

— Вы работали? — спросил Лука Иванович, отнимая руку. — Я это вижу по лицу вашему.

— Почему так?

— Возбуждены уж очень: сейчас видно, что сочинительством занимались.

— Как вы это выговорили: "сочинительством".

— Да очень просто.

— Не знаю. Я давно хотела вам сказать, Лука Иванович, что я вашему скептицизму не верю.

Она повела головой так странно, что он усмехнулся. Тем временем он продолжал ее рассматривать, насколько это можно было на таком близком расстоянии. Во второй раз ему стало ее жаль, и смеяться он над ней не мог; но и серьезно с ней беседовать тоже затруднялся. Его трогала ее искренность, какой-то внутренний огонек, цельность... В себе самом ничего этого он не чувствовал, по крайней мере, в ту минуту.

— Обо мне что же толковать, — выговорил он.

— Помилуйте, мы с вами — товарищи, — возразила она с дрожью в голосе, — мы боремся с одним оружием в руках.

— Полноте... — начал было он, но удержался.

— Право, Лука Иваныч, — вскричала она, запахиваясь в

свою мантилью, хотя в комнате было не меньше семнадцати градусов по Реомюру, — так нельзя жить!.. без солидарности мы все пропали!

"Да вы о чем это?" — хотел было он спросить и опять воздержался.

— Я вот сейчас писала именно на эту тему... Я вложила эти слова в уста женщины. Вы можете мне посвятить полчаса?

— Сколько прикажете.

— Так я сейчас принесу... это всего три-четыре страницы. Я не буду злоупотреблять вашим снисхождением.

— Пожалуйста, злоупотребляйте. Право, очень приятно видеть, что в вас есть этот... священный огонь.

Она уже поднялась и хотела выйти из гостиной, но приостановилась.

— Какой у вас тон, Лука Иваныч! вы точно смеетесь над тем делом, которому сами служите...

— Полноте, полноте, я так. Каждый из нас желал бы иметь этот самый огонек.

Он не договорил и, протянувши ей руку приятельским жестом, добавил:

— Сделайте милость, будьте со мной попросту.

Девица Гущева стала еще краснее, кивнула головой и торопливо вышла. Лука Иванович проводил ее глазами до портьеры. Когда она скрылась, он улыбнулся, не то, чтобы злостно, но и не совсем безобидно.

Его собеседница давно казалась ему несколько странной особой; никогда не мог он, при встречах с нею, взглянуть на нее совершенно серьезно; но почему же на этот раз ему сделалось бы жалко, на особенный лад? Не предстала ли перед ним его собственная житейская дорога, его серенькое сочинительство, только находящееся в состоянии наивного пыла?

"И не все ли равно, — подумал Лука Иванович, дожидаясь возвращения девицы Гущевой, — какие там слова она вложит в уста своей героини? Никому из нас от этого легче не будет".

Его мысль пошла бы дальше по тому же направлению, если б шорох портьеры справа не заставил его обернуться и даже привстать.

VII

Свежим воздухом пахнула на него вошедшая в гостиную та самая женщина, в *лиловом платье*, которая поразила его накануне. Только тут она была одета в зимнее пальто с опушкой, в виде мужского полушубка. Бархатная шапочка с околышем слегка прикрывала голову.

Лука Иванович пришел в такое смущение, что даже схватился за шапку. Но это было только на одно мгновение. С ним заговорили и не дали ему предаваться дальнейшему малодушию.

— Вы к Елене? — спросила она весело, оглядывая его и громко дыша. Щеки ее так и пылали. Над большими серыми глазами довольно резко выступали очень густые брови. Крупная верхняя губа заметно оттенена была пушком.

— Да-с, — проговорил Лука Иванович и положил опять шапку на диван.

— Вы ее видели?.. Ах, извините, я вас не прошу садиться! Пожалуйста.

Она сама села, но так, как садятся на пути. Сел и Лука Иванович, уткнувши обе ладони между колен.

— Или она еще не выходила, так я пойду ей сказать?

— Ваша кузина сейчас придет, мы с ней виделись, — выговорил он уже солиднее.

— А вы знаете, кто она — моя кузина?.. Значит, мне не нужно вам представляться... Я очень рада, что вы посетили Елену. Вы, может быть, мне не верите, что Елена, точно нарочно, не хочет меня знакомить ни с одним писателем.

— Да оно, может, и лучше.

— Почему же? Это, должно быть, очень забавно? Только вы вот увидите, она придет и надуется. Ей неприятно будет, что я помешала ее авторским... confidences {Здесь: откровениям (фр.).}. А ведь она пресчастливая, не правда ли?

Лука Иванович, совсем приободрившись, ответил с улыбкой:

— Пожалуй, и так.

— Пресчастливая! Ночей не спит; а днем все ходит из угла в угол и на кусочках бумажки все записывает, все записывает. Лицо у ней так и горит. Руки дрожат в нервной ажитации. Все у ней назревает, назревает сюжет, а потом вдруг начнет метаться, когда ей что-нибудь не дается. Мучится, бедная, вся позеленеет. Зато как рада, когда у ней все это прояснится. И тогда пишет, как я говорю, запоем! Скажите, разве она не счастливая?

Вопрос этот вылетел так же стремительно, как и все предыдущие фразы. Но когда Лука Иванович взглянул на говорившую, он тотчас же заметил резкий контраст между этими пышущими щеками и почти убитым взглядом, ни на что не глядевшим.

— Вы ей, стало, завидуете? — спросил он совершенно серьезно.

— Да, — послышалось в ответ, в сопровождении весьма явственного вздоха.

С большой тетрадью в руках вернулась знакомая Луки Ивановича и, как только увидала свою кузину, заметно съежилась и припрятала даже тетрадь под мантилью.

— Я вам мешать не стану, — заговорила ее кузина, вставая.— Пожалуйста, Елена, не сердись на меня: я бы не приехала домой так скоро, да погода испортилась. Гостиная к твоим услугам. Я переоденусь и уеду. Только, вот видишь, судьба тебя и наказала: я без твоей рекомендации познакомилась с настоящим писателем.— Обернувшись в сторону Луки Ивановича, она прибавила:

— Вы — мой гость. Дней у меня нет, но я всегда бываю дома...

— Когда не выезжаешь, — заметила девица Гущева, — а пропадаешь ты по целым дням.

— Вот видите, какая она язвительная, — рассмеялась кузина.— Говорят, кто счастлив — тот добр, а кто счастливее Елены — и такая злая!

Не дожидаясь ответа, она очень ласково поклонилась гостю и бойкой молодой походкой вышла из гостиной.

— Вы познакомились? — спросила девица Гущева, как будто с смущением.

— Поговорили.

— И как же нашли мою кузину?

— Да, мне кажется, жизни в ней больше, чем...

— Чем в ком?

— Да не в обиду будь сказано, нас вот с вами взять, хоть вы и храните в себе священный огонь. Таково уж, видно, звание наше! А кузина ваша пришла на несколько минут, — и свежим воздухом запахло. Вы извините, я вам так откровенно говорю... по-товарищески.

— Конечно, конечно, я и не думаю обижаться.

— Зачем же обижаться? Вы меня спросили о моем впечатлении, я вам и сказал его.

— А знаете ли, Лука Иваныч, что я вам скажу про живую натуру, какою вы считаете мою кузину? Она ведь совсем не то, чем вам показалась.

— Быть может. Я — не романист, но если вы и правы...

Он остановился и спросил:

— Как вас звать? научите, пожалуйста.

— Елена Ильинишна, — с некоторым нетерпением назвала девица Гущева.

— Так вот, Елена Ильинишна, как я думаю: если б даже ваша кузина была и совсем другой женщиной, — и то хорошо, что она обманывает, так сказать, своей жизненностью. Это не всякому дается.

Елена Ильинишна пододвинула к нему кресло и стала говорить тише:

— Я бы очень рада была, чтобы Юлия поближе познакомилась с вами, но вряд ли она способна на беседу с серьезным человеком... не хочу злословить, да она и позволяет говорить себе в глаза правду.

— Ах, Елена Ильинишна, не довольно ли серьезных-то бесед. Этак глядишь — и прожита жизнь в нестерпимой скуке.

Он даже махнул рукой. Этот жест заставил Елену Ильинишну опустить глаза и принять огорченное выражение.

— Право, — заговорила она не то обиженным, не то просительным тоном, — мне не хочется вас беспокоить и читать вам: вы совсем не в таком настроении.

Ему очень захотелось успокоить ее и заставить прочесть со вкусом отрывок, но у него что-то недостало на это уменья. Елена Ильинишна сидела в съеженной позе, обдергивая свою мантилью, из-под которой торчал сверток.

— Начните, — выговорил он наконец.

— Нет уж, я в другой раз, теперь нам могут опять помешать.

И точно, в гостиную вошла кузина, очень скоро переменившая свой туалет.

— Вы еще не читаете? — спросила она громко.

— А почему ты думаешь, что мы собрались читать? — тревожно возразила Елена Ильинишна.

— Вот у тебя манускрипт в руках.

Она сделала такое движение головой, что Лука Иванович невольно усмехнулся.

— Пожалуйста, — обратилась к нему кузина, — успокойте ее. У ней все бесконечные сомнения. Я уже вам говорила, что она ночей не спит над одним словом.

— Как же это ты успела? — почти сконфуженно выговорила Елена Ильинишна.

— И еще много кой-чего. Сердись — не сердись, Елена! Ведь я за себя хлопочу. Я тебя успокоить не могу. Ты моему вкусу не веришь. Чем скорее будет чтение, тем для меня лучше.

— Лука Иванович не может же посвятить мне целый день.

— Ты хочешь сказать, что я вам мешаю? извини, пожалуйста, я сейчас скроюсь. А вы, — обратилась она к Луке Ивановичу, — не кончайте в один сеанс, а когда захочется отдохнуть от литературы, поболтаем... только без Елены; а то она сейчас скажет, что в нашем разговоре нет интеллигентного содержания.

Елена Ильинишна улыбнулась. Ее напряженность несколько прошла от смелой болтовни кузины. Луке Ивановичу опять сделалось веселее с той минуты, как эта пышущая здоровьем и бойкостью женщина появилась в гостиную. Если б он сумел, он бы задержал ее; но он не сумел этого и с унынием подумал о целой тетради, которою сбиралась угостить его девица Гущева.

— До свидания, — кивнула ему кузина с той же улыбкой, с которой она оставила их в первый раз.— Обедать меня не жди, Елена; вы можете хоть целый день читать. Ты знаешь, куда я еду?

— Кто ж это может знать? — отозвалась уже добродушнее Елена Ильинишна.

— К тетушке Вилковой: там каждый месяц собирается фамильный синклит, я на них навожу священный ужас.

— Почему же так? — позволил себе спросить Лука Иванович.

— Право, они на меня смотрят, как на какого-то зверя из Апокалипсиса. Надо видеть, какой это мир, чтобы судить о впечатлении...

— Ты там до вечера?

— Да, заеду только переодеться — и прямо в купеческий!

— Ах, Юлия, ты вчера легла в седьмом часу утра!

— Что ж такое? у меня такие красные щеки, что надо же им как-нибудь побледнеть.

— И то сказать, — заметила Елена Ильинишна и пожала плечами.

"Вот-вот сейчас уйдет; а жаль", — подумал Лука Иванович, слушая весь этот странный для него разговор, в котором бы ему хотелось принять участие, но не в присутствии девицы Гущевой.

Когда он приподнял голову, кузины уже не было. Он даже не заметил, в каком она платье. На него уставились вопросительные глаза Елены Ильинишны, говорившие совсем о другой материи.

VIII

Литературное чтение не удалось. Лука Иванович старался быть как можно мягче и благодушнее, но его тон почему-то неприятно волновал романистку. Она начала не то что придираться к нему, но задавать разные такие вопросы, на которые он затруднялся отвечать. Он очень просто заметил ей в одном месте, что можно бы совсем выкинуть подробности, которые автор, как девица, вряд ли изучил. Елена Ильинишна просто разогорчилась, так что Лука Иванович должен был долго ее успокаивать. Говорить ей настоящую правду он окончательно отказался, видя, как она болезненно тревожна. Она слишком верила в свое призвание, слишком "священнодействовала", как он заметил про себя. Некоторая наблюдательность у ней была и языком она владела; но замыслы ее отзывались "книжкой"; рассуждений и разговоров было слишком много и в том, что он прежде читал, и в новой ее вещи. А про наивности и говорить было нечего. Если б Лука Иванович высказал ей все это тут же, беседа кончилась бы, пожалуй, слезами. К этому исходу и без того клонилось дело.

— Вы хоть не ко мне зайдите, — сказала ему на прощание нервная девица. — Кузина вас заинтересовала.

И так она это выговорила, что он, чуть не с озорством, ответил:

— Зайду; поклонитесь вашей кузине!

Когда он спускался с лестницы, его окликнул швейцар, Петр Павлович:

— Желаю вам всякого зла, — крикнул он, стоя у перил.

Лука Иванович поднял голову и удивленно обернулся.

— Избежать! — добавил старик успокоительно.

Эту прибаутку проделывал он аккуратно с каждым новым лицом.

На улице Лука Иванович, с улыбкой, вызванной чудачеством швейцара, остановился и сообразил, в какую сторону ему взять. Погода испортилась. Пошел опять мокрый снег. Извозчика он, однако, не взял — не на что было.

Вчерашнюю десятирублевую бумажку он оставил на расход, уходя из дому. Ему стало вдруг и больно, и обидно, и рассердился он на себя за то, что мог больше часу пустословить в квартире г-жи Патера, когда ему прежде всего следовало бы найти те двадцать пять рублей, которые ему были до зарезу нужны. Не мог же он забыть, с какой мыслью вышел сегодня из дому. Эта бесконечная нужда в красненьких и лиловеньких бумажках переполнила чашу. Так безысходно перебиваться показалось ему невыносимо-унизительным и просто "подлым", как он сам выразился.

Часов у него тоже не было; но он сообразил, что не может быть позднее половины четвертого.

Ровно в четыре часа он звонил у своего приятеля, Николая Петровича Проскудина. Звонил он на авось. Проскудин был адвокат и в эти часы находился обыкновенно в окружном суде. Всего чаще сталкивались они с ним в обеденное время в трактире "Старый Пекин", или, как называл его Лука Иванович, "Вье Пекин", где они долго толковали всегда по послеобедам.

Проскудин оказался, однако, дома. Это был приземистый малый, таких лет, как Лука Иванович, т. е. сильно за тридцать, с круглой белокурой бородой, с пухлым лицом и довольно большой, блестящей лысиной. Глаза его щурились и часто смеялись. Он сам отворил гостю.

— В форме? — спросил Лука Иванович, подавая ему руку и указывая на фрак Проскудина со значком.

— Да, уж покляузничал немножко, — ответил тот жидким, несколько дребезжащим голосом.

— По какому отделению?

— Я ведь уголовными теперь не занимаюсь: я только кляузами.

Они вошли в кабинет хозяина, гораздо побогаче и пообширнее комнатки Луки Ивановича.

Не присаживаясь, гость раскурил папиросу и с усилием выговорил:

— А ведь мне завтра есть будет нечего, Николай Петрович... не одолжите ли лиловенькую?

Проскудин в это время что-то отыскивал на столе и как бы между прочим ответил:

— Получите.

Они были настолько приятельски знакомы, что в таком одолжении ничего не было особенного. Но Луке Ивановичу сделалось почему-то еще обиднее.

— Только видите, — начал он изменившимся голосом, — я хочу положить предел этакой, с позволения сказать, анафемской жизни! Как ни жмешься, а с половины месяца глядишь — то у одного надо клянчить, то у другого... нестерпимо!..

Проскудин вышел из-за письменного стола и своими смеющимися подслеповатыми глазками оглядел приятеля.

— Наконец-то догадались, — заговорил он, медленно и не меняя своей обычной шутливой интонации.

— Всякий писарь, — вскричал Лука, Иванович, с совершенно новой для него резкостью, — всякий офицеришка в какой-нибудь сортировальной комиссии — и тот больше обеспечен, да и дела-то делает больше нашего брата! Где тут выгораживать свое писательское "я", когда ты зависишь от всякой мизерной случайности, когда тебе ни на каком толкучем рынке и цены-то нет?!

— Я вам это, друг Лука Иванович, неоднократно докладывал...

— Вот я и пришел к вам: берите меня хоть в писаря!

Проскудин вернулся из угла кабинета, подошел близко к гостю и спросил его, не меняя тона:

— Да вы взаправду?

— Говорю вам: берите меня в писаря, коли не гожусь к вам в помощники!

— Погодите, это дело надо обсудить обстоятельно. Дайте присесть.

Он взял кресло, пододвинул его к Луке Ивановичу и уселся плотно, опершись на обе ручки кресла.

— Видите что, друг; вы это сгоряча так изволили воскликнуть: иду к вам в помощники и даже в писаря; а ничего такого вам делать не следует.

— Да помилуйте! — рванулся было Лука Иванович.

— Дайте изложить, — остановил его благодушный приятель.— Вы ищете чего? Гарантии, некоторой прочности, правильного и осязательного дела — ведь так? А если так, то зачем вы хотите менять одну погоню за случаем на другую. В писаря я вас не возьму. Писарь заработает 25 целковых, а вы на корректуре добудете 100, если захотите сделать себе из нее специальность. А что "яти" ставить, что доверенности переписывать — одинаково сладко. В адвокатуре вы ничего не сделаете — лучше и не пробовать, не говоря уж о том, что порядочному литератору надо нашего брата всячески травить, а не то что по стопам нашим идти. Я вас знаю, друг Лука Иванович: на уголовном деле вы изведетесь, да и нажива тут редкая; а кляузы даются немногим. Главнее же всего это то, что наша работа, как вы часто изволите выражаться, "поштучная", и это совершенная случайность, что вы у меня взяли лиловенькую, а не я у вас.

— Это меня не убеждает! — вскричал Лука Иванович и заходил по комнате.— Покажите мне исход, а рассуждать я и сам умею, извините меня.

— Дайте передохнуть. Одними рассуждениями я вас кормить не желаю. Вам противно быть литературным пролетарием — превосходно! Надо, стало быть, место; вне этого, в России нет прочной еды, я вам всегда это говорил. Изложите — в каком ведомстве? Если в ведомстве судебном, у меня имеется тайный советник Пенский, мой товарищ по училищу, только он в старшем классе был, а я поступал. Он на то только и существует, чтоб безвозмездно места доставать. Больше ему и делать нечего. Так по министерству юстиции угодно?

Лука Иванович зачесал за ухом.

— Как сказать, — проговорил он, — ведь не в судебные же пристава?

— Ведь и не в обер же прокуроры сразу, друг Лука Иваныч? — ответил ему в тон Проскудин.

— И потом специальное образование...

— Все это вы напрасно, никакого специального образования не надо. Ну, отложим министерство юстиции. Возьмем министерство внутренних дел. Тут, позвольте, кто у меня имеется?.. Целых два чиновника по особым поручениям V-го класса. Вот что значит, государь мой, воспитываться в привилегированном заведении! Не будь я там, не было бы у меня тайного советника Пенского и двух чиновников V-го класса. В министерстве этом всякие есть места, начиная со статистики и кончая, коли угодно, цензурой.

— Да вы все дурачитесь, Проскудин! — вырвалось у Луки Ивановича, — а мне, право, не до смеху.

В голосе его послышались слезы. Адвокат обернул к нему голову. Глаза его перестали смеяться. Он прошелся по лысине своей пухлой ладонью.

— Полноте, — мягче и с несомненным чувством начал он, — точно вы меня не знаете. Я ведь не думал, что оно у вас так наболело.

— Вам литераторское горе все ломаньем кажется!..

— Да полноте же, полноте. Вы выбились из сил — ну, и прекрасно. Опять повторяю: жаль, что раньше не случился этот кризис. Так я вам вот что скажу: в казенных чиновниках вы месяца не высидите. Вам надо частное место, где-нибудь здесь же; вы сразу от своих привычек не отстанете, а в вас сидит Петербург, и без Петербурга вы — сгинете!

— Вон бы отсюда! — вскричал Лука Иванович, но дальше не пошел в своих порывах.

Что-то подсказало ему, что Петербург теперь нельзя оставить; вероятно, приятель его знал, что говорит.

— Да на вас, в самом деле, можно рассчитывать? — спросил Лука Иванович.

— А вы думали, оттого, что я мешаю шутку с серьезным, так и веры мне нет? Только уговор лучше денег: надо меня слушаться; куда я скажу — ехать и с кем нужно — говорить; ведь я вас знаю: день за днем пройдет в спешном писанье, а там и будете опять локти кусать. А подробности моих расчетов услышите сейчас за обедом. Желаете в "Старый Пекин"?

— Идемте, — веселее отозвался Лука Иванович, но тотчас же подумал: "Не может быть, чтобы я выбрался когда-нибудь из моего болота!"

IX

В комнате Анны Каранатовны горит опять лампа под розовым абажуром. На круглую блузу падает опять все тот же свет, делающий комнату и веселой, и полутаинственной.

Перед Анной Каранатовной сидит на стуле худенькая, такая же, как и мать, белокурая девочка, с тревожными, несколько впалыми глазками желтоватого цвета, но с красивыми длинными ресницами. Волосы ее заплетены за уши в две косички. На ней надета серая чистенькая блузочка с широким передником; в него, точно с усилием, просунута ее головка.

Девочка с забавной гримасой смотрит на десертную ложку, которую мать протягивает ей.

— Глотай! — строго прикрикнула Анна Каранатовна, — глотай, Лука Иваныч приказал!

— Мамочка! — лепетал ребенок, желая отвести рукой ложку.

— Не смей! — все так же строго крикнула мать.— Лука Иваныч сердиться будет!

— Юка, — повторила совсем почти серьезно Настенька, и личико ее затуманилось.

Анна Каранатовна воспользовалась этой минутой и влила ей в рот какую-то красную жидкость.

Настенька поперхнулась и сильно сморщила переносицу. Мать отерла ей рот и принялась за шитье, поглядывая на дверь, как бы ожидая кого. Девочка ее не занимала, возиться с ней ей было скучно.

— Возьми куклу! — приказала она ей.

— Ку-ку, — повторила Настенька и тихо-тихо стала спускаться на пол, выпячиваясь, как это делают маленькие дети, когда они не держатся ни за что руками.

— Нос-то небось отбила?

Настенька подмигнула в ответ, и так весело, что на плоском лице матери появилась улыбка.

— Ну, принеси, да садись вон туда в угол.

Анна Каранатовна указала рукой на уголок около комода, где на полу лежали еще какие-то игрушки.

Медленно и немножко переваливаясь, вышла Настенька из комнаты, поглядывая искоса на мать.

Дверь из коридора на половину приотворилась, и голова Татьяны выглянула уже с заспанными глазами. Тотчас же послышалось и ее носовое дыхание.

— Разогревать, что ли, щи-то?

— Какие щи? — спросила лениво Анна Каранатовна.

— Да барину-то: ведь он еще не кушамши...

— Луки Иваныча нет; что ты пристала?

— Что ж что нет? придет голодный...

— Вряд ли; вернее всего, что в трактире где обедал.

— В трактире где? — протянула Татьяна.

— Ну да, — с некоторым нетерпением ответила Анна Каранатовна.

— Так не разогревать, стало?

— Позднее, к ужину; а теперь ставь-ка самовар и собери чаю.

— Сюды или в залу?

— Сюды... Сливок возьми, копеек на пять.

— Иван Мартыныч, что ли, будет, — поджидаете? — Татьяна выговаривала вопрос простовато, но Анне Каранатовне он не понравился.

— Ему по делу надо зайти к Луке Иванычу, — серьезно ответила она.

— Получить нешто за работу? — полушепотом осведомилась Татьяна.

— Уж не знаю, как там, — протянула Анна Каранатовна и приколола к подушечке рукав детской кофточки.

— Так стакан, значит?

Анна Каранатовна кивнула, молча, головой. Татьяна

скрылась. Она не была особенно болтлива, только двигаться очень не любила; ей уж и то было невкусно, что "барышня" (так она называла Анну Каранатовну) заставляла ее теперь спуститься за сливками в мелочную лавку.

Не успела она взяться за самовар, как позвонили. Пришел вчерашний писарь. Татьяна уже получила от него подарок и против его посещений ничего не имела; но когда она про себя сравнивала Мартыныча с "барином", то находила, что тот все-таки "кантонист", а Лука Иванович, хоть и не очень боек, а человек тонкий; днями ей даже жаль его было чрезвычайно.

Мартыныч принес что-то с собою в узле, чего Татьяна в полумгле кухни разглядеть хорошенько не могла. Узел этот он бережно поставил на стул, прежде чем снять пальто.

— Барин дома? — тихо спросил он Татьяну.

— Нету. И не обедал.

— А ждете скоро?

— Кто его знает!..

Татьяна подала Мартынычу узел, оказавшийся тяжеловатым.

— Точно утюг? — с недоумением выговорила она вслух.

— Мудреная штука, — пояснил он ей; но больше ничего не прибавил, взял узел, пригладил волосы и, поскрипывая, отправился в комнату Анны Каранатовны. В другой руке у него была книга, так что он должен был постучать в дверь своим узлом.

Анна Каранатовна быстро оставила шитье и широко растворила дверь гостю.

— Неужто принесли? — спросила она полуудивленно.

Мартыныч опустил узел на стул. Отпятившись сильно назад, он шаркнул ногой и приложился к ручке Анны Каранатовны.

— Извольте пользоваться, — весело и солидно выговорил он, указывая ей на узел.

Он помог ей развязать его. В платке оказалась небольшая ручная машинка, видимо, уже подержанная.

— Вот так прекрасно будет! — вскричала Анна Каранатовна и взяла в обе руки машинку.

На разговор явилась Настенька; но мать на нее тотчас же прикрикнула:

— Ступай, нечего тут тебе торчать!

Мартыныч кивнул девочке довольно ласково головой.

— Садитесь, садитесь, — заговорила первая Анна Каранатовна: — Вот вы какой ловкий... что сказали, то и в шляпе. Папиросочку не хотите?

— Сейчас курил.

Они присели к столу. Мартыныч положил на него книгу, заложенную бисерной закладкой. Анна Каранатовна продолжала осматривать машинку.

— Вы обучены, следовательно? — спросил Мартыныч.

— Немножко поразучилась, да это в один день опять ко мне вернется... Тут вот и иголки, и нитки.

— Весь комплект.

Анна Каранатовна довольно громко вздохнула и тотчас же, несколько исподлобья, взглянула на своего собеседника. В этот вечер курчавые волосы Мартыныча особенно блестели и отливали сизым колером. Из-под форменного галстука он выпустил полоску рубашки. Мелкие черты его красноватого лица также лоснились. Его в эту минуту подмывало приятное какое-то щекотанье.

Чуть заметно он подвинулся к своей собеседнице и заглянул ей в лицо. Вокруг лба Анны Каранатовны вились белокурые волосики. На них падал розоватый свет лампы. Мартыныч несколько сбоку оглядел все это, а потом пухлые, красивые руки, ходившие в разных направлениях по машинке.

— Так уж я вам благодарна, что и сказать не могу, — выговорила Анна Каранатовна с новым громким вздохом.

Мартыныч тряхнул кудрями.

— Помилуйте, стоит ли из-за этого разговаривать. Знай я прежде, что вы нуждаетесь в этой самой вещи, — я бы первым долгом.

Анна Каранатовна откинулась на стуле и отняла руки от машинки.

— Да, вот подите, — начала она, поведя рот легкой

гримасой, — вы вон говорите: небольшого она стоит, а Лука Иваныч сколько времени мне обещал, и в одних разговорах время ушло. Тоже ведь сочинителем считается, нельзя сказать, чтобы совсем никакой получки не было...

И, понизя голос, она добавила:

— Квартира есть, как видите, и кухарка, и книжки разные, и девочке моей всякое баловство... А все с хлеба на квас перебиваемся.

Мартыныч снисходительно повел плечами и улыбнулся.

— Такое звание, — тихо выговорил он. — Я, Анна Каранатовна, между этих господ довольно походил и знаю, как они иной раз жмутся.

Откашлявшись, он спросил, заглянув опять ей в лицо:

— Лука Иваныч, поди чай, на пятидесяти рубликах состоят?

— Уж не знаю, как там: он мне про это не рассказывает.

— Это верно, на пятидесяти рубликах, т. е. это в журналах.

Мартыныч взял принесенную им книгу, развернул ее и стал про себя считать листики, перекладывая их из одной руки в другую.

— Вот видите, — указал он на листики, придерживая их широким и плоским большим пальцем левой руки, — вот видите, в этой пачке восемь листков. В каждом листке две страницы; выдет дважды восемь — шестнадцать; у них так и говорится: печатный, мол, лист. Значит, в нем таких шестнадцать страниц...

— Это все надо исписать? — наморщив брови, спросила Анна Каранатовна.

— Так точно. На рукописные-то листы выдет побольше. Вот, как я пишу, когда уговор такой есть, чтобы поубористее, так моих выйдет шесть больших листов, знаете — обыкновенных, по четыре страницы — выйдет двадцать четыре, вместо шестнадцати.

Низковатый лоб Анны Каранатовны принял почти болезненное выражение: видно было, что ей не по себе, когда нужно соображать какие-нибудь цифры.

— Ну, а коли разгонистее, — продолжал, одушевляясь, Мартыныч: — вот как у нас, в штабе, пишут, так и все десять листов можно вогнать, а то и больше...

— Однако, — вырвалось у Анны Каранатовны, — пятьдесят рублей — не малые деньги за каких-нибудь десять, что ли, или шестнадцать листиков?

— Известное дело — не наша работа, — выговорил уж совершенно серьезно Мартыныч.

— Еще бы! — повторила она.

— Только оно так спервоначалу кажется, а ведь в их звании разные ступени есть: пятьдесят-то рублей не сразу платят; и на двадцати рубликах посидит, или еще как в газетах...

— Да вот, в газете-то Лука Иваныч писал, — перебила Анна Каранатовна, — а его и разочли.

— Много нынче этого народу. Коли вам угодно знать насчет газеты, так оно прочнее как будто: по месяцам и по годам сидят в одном месте, иные и жалованье получают; а цена, я вам скажу, маленькая, особливо если переводы делают.

Анна Каранатовна взглянула на своего собеседника даже с некоторым удивлением. Должно быть, ее поражали его разнообразные сведения.

— Все это я довольно знаю, — еще серьезнее выговорил Мартыныч и выпрямил грудь. — Я ведь в рассыльных два года выходил; из типографии-то в редакцию раз, бывало, двадцать отмахаешь. Как я вам докладываю, плата в газетах уж не листовая, а со строки.

— А по скольку? — с заметным утомлением спросила Анна Каранатовна.

— Я вам докладываю: кто переводит, так, всякую мелочь — тому копейка либо копейка с четвертью; а вот главная работа, передовые статьи называются или опять фельетон, веселенькое там что — этим дороже: копейки три-четыре... больше пяти копеек никто не получает, хотя бы вот такие, как и Лука Иваныч, которые статьи доставляют.

— Однако, — перебила Анна Каранатовна, схвативши нить мысли, — вы ведь небось говорили: пятьдесят рублей за сколько там страниц? Посидел день-другой — вот и пятьдесят рублей в кармане, а в месяце-то тридцать дней, — сосчитайте сами!

— Это верно, Анна Каранатовна. Ежели теперь положить три дня на один, значит, лист, как я вам докладывал, в шестнадцать страниц — выйдет десять листов.

— Это, значит, десять раз по пятидесяти рублей! — вскричала Анна Каранатовна и даже немного приподнялась на стуле.

— Выходит так-с. Пятьдесят на десять помножить, в произведении получится пятьсот.

Неожиданность цифры заставила их с минуту молча глядеть друг на друга.

— Пятьсот рублей! — повторила почти подавленным голосом Анна Каранатовна.

— Расчет верный, — протянул Мартыныч.

— Сколько же это выйдет в год? — в большом смущении спросила Анна Каранатовна.

— Выходит-с, — Мартыныч сообразил в уме, — выходит сумма круглая: шесть тысяч рублей.

— Шесть тысяч!

— Позвольте кусочек бумажки я вам сейчас, — штука немудреная: двенадцать на пять помножить, к произведению нуль приписать, так как мы, собственно, не пять, а пятьдесят рублей берем и на двенадцать месяцев помножим, изволите соображать?

— Да уж я вам верю, — сказала Анна Каранатовна и махнула обеими руками.

Смущенное выражение еще не сходило с ее лица.

— Можете верить, — весело выговорил Мартыныч и потом тотчас же одумался, встряхнул рукой волосы.

— Где же они, эти шесть тысяч? — как бы про себя спросила Анна Каранатовна, и лицо ее, обращенное к собеседнику, получило почти жалобное выражение.

X

Мартыныч еще сильнее взъерошил волосы и, положа локти на стол, сделал мину человека, собирающегося деликатно возражать.

— Как мы с вами разочли, Анна Каранатовна, — начал он с оттяжкой, — в самом деле, выходят большие деньги. Шутка ли, шесть тысяч целковых!

— То-то я и говорю, Иван Мартыныч,

— Только это мы с вами в проекции клали, а на поверку-то выйдет совсем другой разговор. Первое дело, место надо такое, чтоб постоянная работа была. В газете, что ли, занятие иметь; сам дома ведь не станешь газету сочинять. А второе дело, кто без места и только статьи там либо повести сочиняет, так случается и так, что и есть куда поместить, не спорится самое это писание. Я вот работу имел у одного тоже господина. Веселый такой и простой человек, Черемисов Павел Яковлевич, и в цене: по семидесяти пяти рублей получает, ей-ей; а придешь к нему, выйдет он, да так руками и разведет: нечего мне вам, Иван Мартыныч, вручить, никакого оригиналу не будет; вот, говорит, целую неделю ни единой строки из себя выжать не могу, — так вот и скажет этими самыми словами.

— Отчего же это, скажите на милость? — осведомилась с некоторым сердцем Анна Каранатовна.

— Духу нет, как бы вам сказать... форсу такого. Сидит это по целым часам и перо грызет, и ничего не может. Вот вы и прикиньте: коли на каждую неделю, примерно, хотя по три дня — выйдет уж двенадцать день прогульных; по нашему с вами расчету, двухсот уже целковых и не досчитался; а в остальные — тоже могут помехи быть: нездоровье там, что ли, или ехать куда, или гости помешают. Да это еще я про обстоятельного человека говорю... иные и зашибаются, так тут ведь никакого предела нельзя положить...

— Да ведь, пожалуй, — перебила Анна Каранатовна, с движеньем правой руки, — вон у нас Лука Иваныч и трезвый совсем, а ведь тоже вот, как вы рассказываете: пишет день-другой, а там и расклеился; лежит, знай себе, на диване, да морщится, все на какой-то катар жалуется; читать-то читает, да что в этом проку?.. А то так сидит-сидит у стола; я в щелку погляжу: совершенно как вы рассказываете, Иван Мартыныч, только перо-то у него деревянное, так он его не грызет, а мусолит.

— Ну, да-с! — грудной нотой вскрикнул Мартыныч, и глаза его радостно заблистали. — Я уж ничего не выдумаю, Анна Каранатовна. Надо на каждого человека глядеть, как по его званию... вникнуть. Вот они, тысячи-то, и разлетятся!..

И он захихикал.

Лицо его собеседницы приняло унылое и даже несколько сердитое выражение.

— Я вам про то же и говорила: сочинителю, может, и больше пятидесяти рублей платят, а с хлеба на квас перебивается.

XI

Вошла Татьяна с самоваром и, уходя, спросила еще раз:

— Щи-то разогревать, что ли?

— Я уж тебе говорила, — кинула ей Анна Каранатовна и принялась со вкусом заваривать чай.

Мартыныч вынул аккуратно из кармана панталон длинный портсигар и чрезвычайно деликатно закурил папиросу на лампе. Папиросы он употреблял со сладким дамским запахом, тонкие и длинные.

— Вам не угодно ли? — осведомился Мартыныч, показывая на папиросы.

— Нет, уж я после, чайку отпимши.

Они начали пить чай с довольными лицами. Анна Каранатовна пила, слегка подувая на блюдечко; Мартыныч — из стакана. Но по их лицам все-таки заметно было, что обоим хотелось вернуться опять все к тому же разговору.

После второй чашки Анна Каранатовна вздохнула.

— Вот что я хотела вам сказать, Иван Мартыныч, — начала она с той полужалобной миной, какая уже появлялась на ее губах.— Мы про сочинителев-то сейчас говорили, а тоже и об вас надо подумать.

— Каким манером-с? — спросил, весь встрепенувшись, Мартыныч.

— Да очень уж мне перед вами совестно... за Луку Иваныча, хотя, быть может, и жалко его немножко. Вот сегодня на целый день он пропал: наверно говорю, что по разным местам ищет перехватить рублишек десять-пятнадцать, а вернется ни с чем, я уж знаю. Потому — какие у него приятели? Все такие же, как и он, грешный. Вы вон говорили, что у вашего генерала работу имел...

— Так точно, да и теперь у них еще не покончено.

— Так он к генералу не пойдет просить: горд, да и ловкости у него совсем нет — не умеет обойтись с таким человеком.

— Это вы правильно говорите: в их звании все как-то больше с амбицией.

— Уж не знаю, чего гордиться-то! — вырвалось у Анны Каранатовны.— Вот я и говорю, Иван Мартыныч, — продолжала она первоначальным тоном: — Вы уж извините, может, Лука Иваныч сейчас придет, а платить-то ему опять нечем будет.

Мартыныч энергичнее дунул на пепел папиросы и повел плечами.

— Полноте, Христа ради, Анна Каранатовна! — вскричал он с краской на лице.— Как вам не стыдно? Опять вы эдакой разговор со мной ведете; я уж вам докладывал, что крайности никакой не имею. Тоже я и самому Луке Иванычу довольно говорил: не пропадет! Ведь вы сами знаете, я не этим одним живу.

Он опустил голову и стал говорить медленно и с некоторым волнением:

— Да, если б и еще пождать пришлось, я с радостью, и от новой работы не откажусь, так как в этом деле и вы, Анна Каранатовна, не то, чтобы замешаны... а мне, собственно, ваше спокойствие дорого.

Бледные глаза Анны Каранатовны уставились на Мартыныча, сначала с недоумением, но оно тотчас перешло в нечто другое: не то улыбку, не то смущение.

— Я очень это понимаю, Иван Мартыныч, — совсем тихо выговорила она, — даже очень...

— Плевое дело-с, поверьте! А вы мне только одно слово скажите: мне вот, дескать, того или другого требуется — и я в миг! А пожелаете меня обидеть, тогда и считаться начинайте.

Вышла значительная пауза. Анна Каранатовна стала было наливать себе третью чашку и задумчиво оставила ее. На лбу Мартыныча заблистали искорки пота. Его собеседница слышала, как он громко дышит. Она оперлась щекой о ладонь правой руки и, глядя на него через самовар, заговорила, точно слушая самое себя:

— Как я на вас посмотрю, Иван Мартыныч, вы человек — на редкость, уж позвольте мне вам это сказать. Обо многом вы не мечтаете, на службе, поди, и пансион будете получать, работа всегда есть, концы с концами сводите, да еще других одолжаете...

Мартыныч хотел было остановить ее восклицанием, но она продолжала:

— Уж полноте, пожалуйста! я ведь не выдумываю; твон ведь она, машина-то, стоит; это вы ведь говорите, что она вам даром досталась; а коли не купили, так напрокат взяли; нынче Даришь-то уехал в Париж, остался брат его — Купишь!..

Лицо Мартыныча все больше и больше сияло.

— Другие вон и сочинителями себя считают, и пятьдесят целковых за лист там, что ли, получают, а основательности-то нет. Вы думаете, я этого ничего не понимаю. Я не учена, а тоже не хуже другой вижу, какой кто человек... Что же это я вам чаю-то! — как бы спохватилась она, берясь за его блюдечко.

Мартыныч отказался и придержал стакан рукою. Пальцы их коснулись. В вялых глазах Анны Каранатовны что-то заискрилось.

— Много вы меня утешили! — выговорил Мартыныч с громким вздохом.— Для меня это дороже всякой награды, и, если уже позволите, Анна Каранатовна, пойти на полную откровенность, я вам вот что скажу: об вашей судьбе я уж не однажды думал и боюсь вам изъяснить все, что мне на ум приходило, опять тоже и на сердце...

— Ну, уж это вы напрасно, Иван Мартыныч, так деликатничаете; мою жизнь вы сами видите: была не хуже других... молодость — глупость... голова всего раз закружится, а там и носи обузу-то!..

XII

Ее остановил скрип двери, Настенька, покачиваясь, выползла на середину комнаты, залепетала и направилась к Мартынычу.

Анна Каранатовна сердито на нее обернулась.

— Вот она, обуза-то, Иван Мартыныч, легка на помине. Сказано тебе — сиди там!.. сказано или нет?

Девочка этого окрика не испугалась и подошла к Мартынычу. Он погладил ее по головке и сказал:

— Занятная она у вас!

— Уж больно надоела. Ступай, ступай, а то нахлопаю!

Ребенок, как ни в чем не бывало, заковылял в свою комнату. Мать проводила его до двери все теми же сердитыми глазами.

— Вот ведь, подите, — сказала она, оборачиваясь к гостю, — свое детище, а иной раз видеть не могу.

Мартыныч как-то сначала с недоумением поглядел на Анну Каранатовну; но тотчас же сделал мину человека, тонко понявшего смысл возгласа.

— Это действительно так; только ведь она ни в чем неповинна.

И он указал глазами на дверь, куда вышла Настенька.

— Знаю, а все тошно бывает смотреть на нее!

Мартыныч ничего не возразил, только расправил усы и немного опустил глаза. Анна Каранатовна отвела голову в сторону.

— Много раз, Анна Каранатовна, — начал первый Мартыныч, — желательно мне было с вами об этом поговорить, но знаете ли... такое дело-с...

— От вас все будет приятно выслушать, Иван Мартыныч, — с ударением откликнулась Анна Каранатовна.

— Я только так, со стороны, Анна Каранатовна, — смелее продолжал Мартыныч, — кто вас узнает как следует, всякому обидно станет видеть этакое ваше собственное угрызение...

Глаза Анны Каранатовны остановились на собеседнике: его тонкой фразы она не поняла.

— То есть, я, собственно, говорю, — пояснил Мартыныч, — хотя бы насчет этой самой девочки; известное дело, были в младости... долго ли поверить человеку... а потом...

— Чего потом, — вырвалось у Анны Каранатовны, — один срам!..

— Именно-с, коли позволите начистоту сказать, для девицы, которая себя как должно понимает... И тут одна дорога-с...

Опять глаза Анны Каранатовны выразили недоумение, и даже больше, чем в первый раз.

— Такая девица, — продолжал Мартыныч, — всякого может осчастливить, а, стало, и законный брак тут все прикроет.

В ленивых глазах Анны Каранатовны опять что-то проскользнуло; она слегка покраснела и тотчас же застучала чашками.

— Как это вы говорите, — очень тихо заметила она, совсем отвернув голову, — я вас не понимаю, Иван Мартыныч; если это насчет Настеньки, то хотя бы я и вышла за кого, разве кто станет ей родным отцом? Опять же, хоть бы и выискался хороший человек, все же она будет сбоку припека, без племени; а пойдут от мужа-то законного дети — один укор себе, и между ребятишками попреки... да и перед людьми зазорно.

— Ну, это вы напрасно-с! — вскричал Мартыныч и весь выпрямился. Кудерьки его запрыгали на лбу и правая рука сделала выразительный жест. — Позвольте вам на это возразить-с, Анна Каранатовна!

— Да как же, Иван Мартыныч? — спросила, подняв высоко брови, Анна Каранатовна. Во взгляде ее было и недоумение, и желание услыхать что-нибудь такое, что ей совершенно еще неизвестно.

— На это, я вам доложу, Анна Каранатовна, немного нужно благородных чувств иметь: раз девушку полюбивши, на ее родное дитя станешь смотреть, как на свое кровное... Не знаю, как другие, а я это очень могу понять-с, хотя в таком именно разе и не приводилось еще быть. Это — первое дело-с. Стало, каков будет отец, так у него и в семье порядок пойдет. Теперича, если я дите моей жены понимаю, как свое, то как же мои собственные дети посмеют его в чем укорять или поносить?..

Мартыныч так горячо проговорил все это, что правая его рука выделала в воздухе что-то вроде вензеля.

— Ну, я с вами спорить не стану, — все еще выжидательно проговорила Анна Каранатовна, — да ведь никому языка не привяжешь, Иван Мартыныч!.. у такой вот девочки законности... как бы это сказать... не будет.

— И это можно исправить, Анна Каранатовна.

— Что это вы!..

— Известное дело. Положим, оно больше между господ делается... но нынче — все господа, я так рассуждаю. Никому не возбраняется попытать счастья, испросить, по форме, милости — насчет законного...

Мартыныч затруднялся выбором слова; но Анна Каранатовна наклонением головы показала, что поняла его.

— Шутка сказать! — со вздохом добавила она.

— Дело бывалое-с, Анна Каранатовна, — с силою выговорил Мартыныч и поглядел на нее так, что она не выдержала этого взгляда. Лицо ее стало сначала задумчивее, а потом получило выражение унылой неподвижности.

— Все от вас, Анна Каранатовна, зависит, — точно про себя пустил Мартыныч и тотчас же начал раскуривать новую папиросу.

XIII

Раздался жидкий надтреснутый звонок.

— *Лука Иваныч?* — шепотом спросил Мартыныч. Он тотчас же потушил папиросу, обдернул мундир и привстал.

— Да вы сидите, — лениво и хмуро остановила его Анна Каранатовна. — Он сюда не придет, прямо к себе пойдет.

— Все же-с...

— Вы, нешто, опять что принесли, переписку какую?

— Нет, собственно, для Луки Иваныча ничего не принесено мною.

— Ну, так что же вам прыгать?.. Он же небось вам должен, — добавила она, кисло умехнувшись.

Звонок раздался посильнее; но Анна Каранатовна не трогалась.

Татьяна, успевшая снова прикурнуть, только шмыгала носом.

— Не прикажете ли, я отворю? — продолжал Мартыныч.

— И Татьяна отворит, — все тем же небрежно-ленивым голосом отозвалась Анна Каранатовна, перемывая чашки. — А мы с вами так и не почитали, Иван Мартыныч?

— Книжку я с собой захватил, да теперь не очень-то будет вольготно.

— Мы *Луке Иванычу* ведь не мешаем.

Она остановилась, услыхав шум шагов и разговор *Луки Иваныча* с Татьяной. Он что-то спрашивал про Настеньку.

Мартыныч тем временем уже совсем высвободился из кресла и, стоя лицом к двери, причесывал свои кудерьки маленьким гребешком, точно будто перед ним висело зеркальце.

— Да вы, право бы, сели, Иван Мартыныч, — начала опять Анна Каранатовна, не совсем дружелюбно поглядывая на дверь в коридор, — куда вам торопиться-то? Вот я велю Татьяне убрать со стола. Лука Иваныч засядет, поди, писать; мы ему не помеха. А мне бы занятно узнать теперь, как она мужа своего изведет?

— Это вы про "Огненную женщину"? — осведомился Мартыныч, слегка осклабившись.

— Да, про нее я говорю.

— Известное дело, каким способом, — вполголоса и с какой-то внезапной хрипотой отозвался Мартыныч, точно он говорил в руку, — она таких пылких чувств особа, а он — человек хилый и в преклонных летах...

Анна Каранатовна показала свои зубы, открыв рот в узкую, невеселую улыбку. Гостем ее овладело заметное беспокойство. Это беспокойство возросло в нем, как только он поглядел в сторону швейной машинки, занимавшей на столе почетное место, под самым ярким светом лампы. Машинка лишала его самообладания.

— Уж позвольте до другого раза.

Мартыныч решительным жестом взялся за фуражку.

Не сумевши удержать гостя, Анна Каранатовна довольно шумно поднялась с места и крикнула в дверь:

— Убирай здесь, Татьяна, да спроси Луку Иваныча — хотят они чаю или нет?

Ответа не последовало. Анна Каранатовна уже сильнее высунулась в дверь.

— Лука Иваныч! — крикнула она.

— Что нужно? — раздалось глухо из кабинета.

— Чаю вы хотите?

— Пожалуй.

— Ну, так подите сюда, а то Татьяна не скоро еще соберется.

Послышались медленные шаги, и в комнату, совсем сгорбившись, в халате, вошел Лука Иванович.

Мартыныч стоял уже в позе, говорившей "счастливо оставаться". Лука Иваныч взглянул на него спокойнее, чем накануне, но невнятно проговорил:

— Вы бы прошли ко мне, у нас с вами счетец есть.

Слова эти Анна Каранатовна расслышала хорошо и тотчас же подалась вперед.

— Да Иван Мартыныч совсем и не желает, — начала она

недовольно, обиженным голосом, — он не для того совсем и пришел.

Лука Иванович удивленно взглянул на нее. Мартыныч совсем переконфузился, что и выразил в игре часовой цепочкой.

— Иван Мартыныч, — продолжала Анна Каранатовна жалобной нотой, — вон мне и машинку достал... даже так скоро, что я в удивление пришла. Я уже им говорила насчет этого...

— Насчет чего же это? — спросил медленно Лука Иванович, поглядывая на них обоих.

— Вы не извольте беспокоиться, — промямлил Мартыныч, стараясь протискаться бочком в дверь.

— Да полноте, Иван Мартыныч, — ободряла его Анна Каранатовна, — ведь я Луке Иванычу толком говорю.

— Вам десять рублей следует, — резко сказал Лука Иванович, — пожалуйте ко мне.

Анна Каранатовна даже раскрыла рот; так поразило ее и то, что сказал Лука Иванович, и тон его слов.

Мартыныч весь съежился и, повернувшись на одном каблуке, пошел за Лукой Иванычем в кабинет. Там он что-то такое было начал насчет денег, но Лука Иванович довольно резко остановил его, подавая красненькую.

— Это не все, кажется, — выговорил он, поморщиваясь, точно от дыму, — да вы не кончили еще, так мы после сочтемся.

— Помилуйте-с, — стыдливо отталкивал бумажку Мартыныч, — вы меня много обидите...

— Берите, — строго перебил Лука Иванович, — что ж вы благодеяние, что ли, мне желаете оказывать?

И он повернулся к столу, сунув бумажку так, что, если б Мартыныч не подхватил ее, она бы упала на пол.

Мартыныч даже побледнел, сжал торопливо бумажку в кулак и стал пятиться назад на цыпочках.

— Покойной ночи, — выговорил он сладко и глухо — и все тем же задним ходом исчез в дверь.

— Прощайте! — не оборачиваясь, кинул ему Лука Иванович.

XIV

Когда дверь захлопнулась за Мартынычем, он столкнулся с Анной Каранатовной: та стояла в коридоре, против двери в свою комнату, и, вероятно, слышала разговор в кабинете.

— Счастливо оставаться, — шепотом и торопливо проговорил Мартыныч, не решаясь останавливаться.

— Да вы куда это? посидите! — начала, громче его тоном, упрашивать Анна Каранатовна. — Он ведь писать засядет.

И она небрежно кивнула головой на дверь в кабинет Луки Ивановича.

— Нет, уж что же-с? — не то обиженно, не то застенчиво ответил Мартыныч и стал бочком двигаться по коридору.

Анна Каранатовна пошла провожать его в кухню.

— Сердит?! — вопросительно выговорила она, пока Мартыныч накидывал на себя пальто.

— Не в духе-с... вы напрасно это, Анна Каранатовна, насчет моей работы... ведь господа писатели — народ амбиционный... сами мы про это сейчас говорили.

— Экая важность! Он ведь все балагурит, а это нынче только — тучу из себя представил; сердит, да не силен, — прибавила она подмигнувши.

Мартыныч сдержал наплыв смеха и прыснул на воротник пальто.

— Такой стих-с... — сквозь смех выговорил он.

— Никто, главное, не провинился!.. А почитать-то когда же?

Мартыныч глазами показал, что он рад бы душой, да боится учащать свои посещения.

— На той неделе, если вам способно будет.

— Да и на этой бы можно, кажется... не все он привередничать будет... До свидания, значит, а я машинку-то вашу сегодня же обновлю...

Она протянула ему руку, Мартыныч подал свою, ладонью.

Анна Каранатовна крепко пожала ее и прибавила, когда он уже взялся за ручку выходной двери:

— А то, какие ваши слова были сегодня, Иван Мартыныч, я долго буду помнить.

— Я от всей души, — жидким голоском выговорил Мартыныч и, уже от себя, потряс руку Анне Каранатовне.

— Буду помнить! — значительно повторила Анна Каранатовна, провожая его до лестницы.

Татьяна могла бы быть свидетельницей всего их разговора, но она опять уже спала, примостившись у плиты.

Анна Каранатовна должна была растолкать ее.

— Ужинать собрать надо, — говорила она ей в ухо, — да прибрать чайный прибор.

— А барин чай не будет кушать? — спросила Татьяна, широко мигая совсем посоловелыми глазами.

— Не знаю, я вот спрошу... да плиту-то разводи.

Дверь в комнату Луки Ивановича была только притворена, и Анна Каранатовна заглянула туда, не входя.

— Чай будете пить? — небрежно спросила она в спину Луки Ивановича, сидевшего у письменного стола.

— Не стану, — сквозь зубы ответил он, пуская струю дыма.

— Ну, как угодно!..

Лука Иванович шумно отодвинул стул и, выходя мимо ее в коридор, спросил:

— Настеньку вы, надеюсь, уложили спать?

— Нет, еще не думала.

Они оба вошли в комнату Анны Каранатовны.

— Почему же это? — уже горячее выговорил Лука Иванович.

— Да она тут сейчас болталась.

— Вы лучше скажите: не она болталась, а вы в приятных разговорах забыли, что больного ребенка нужно уложить спать раньше.

— Да и то рано.

— Ошибаетесь: теперь уже девятый час.

— Уложишь ее!..

— Да ведь вы не пробовали?

В другое время тон Луки Ивановича заставил бы Анну

Каранатовну удивиться и струсить немного; но сегодня она приняла его совсем по-другому.

— Ну, уж оставьте, Лука Иванович, точно, в самом деле я не мать, — возразила она, махнув как-то особенно головой, — уж как вы меня шпигуете этой девчонкой!..

— Хорошо-с, — обрезал Лука Иванович, сделавши несколько шагов по комнате, — мне нечего проповедовать вам материнские чувства, если у вас их нет.

— Скажите пожалуйста! — уже совсем резко откликнулась Анна Каранатовна и села почему-то на конец кровати.— Поучения-то вы куда горазды делать, Лука Иванович, позвольте мне вам доложить, а на деле-то — ни тпру, ни ну!

— Что вы этим хотите сказать?

Он продолжал говорить ей "вы"; едва ли не в первый раз случилось это с тех пор, как он начал звать ее просто "Аннушка".

— Да тоже! Мне уж эти разговоры опостылели...— Я — девушка простая, вашим всем тонкостям не обучалась. Для меня тот человек хорош, который что сказал, то и сделал. Вы вот у Настеньки всякие лихие болезни лечите, а что мне нужно, то совсем чужой человек доставляет... даже совестно!..

— Об чем вы это все толкуете, — протянул с гримасой Лука Иванович, подходя к столу и дотрагиваясь пальцами до машинки, — вот про это, что ли?

— Да хоть бы про это... посторонний человек, и тот...

— Надоели вы мне с вашим писарем!.. Ну, сделал он вам презент — и наслаждайтесь им, я вам не мешаю. Только, пожалуйста, в другой раз ведите себя поумнее.

— В чем же это я сглупила, позвольте полюбопытствовать? — спросила совсем уже злобно Анна Каранатовна и поднялась с кровати.

— А в том, что вы вздумали извиниться за меня перед вашим приятелем, когда я об этом вас не просил. Он на меня работает, я ему и плачу: кажется, это ясно.

— Скажите пожалуйста! — язвительно вскричала Анна Каранатовна.— Что же я, духом, что ли, святым могла узнать, что вы где-то красненькую промыслили?.. Знала ведь я, что вы последнюю мне на расход отдали; а тут человек работает... вы приходите и говорите, чтоб он за вами шел... ну, я и подумала: заплатить вам за переписку нечем, так лучше сказать.

— Все это вздор! — решил Лука Иванович с совершенно новой для него резкостью. — Ни о чем таком я вас не просил.

— Да откуда амбиция у вас явилась!.. Лучше ее, этой самой амбиции, не иметь, чем по рубликам занимать...

— Анна Каранатовна! — остановил ее Лука Иванович глухим голосом и хотел что-то еще сказать, да дверь приотворилась и показалась опять Настенька, протирая глазенки обоими кулачками и морща их против света.

— Вот видите, — показал на нее Лука Иванович, — девочка уже спала в платье, а вы не догадались ее раньше уложить и лекарства, наверное, не давали.

— Ступай спать, ступай, — накинулась было мать на девочку, но сдержала себя, взяла Настеньку за руку и потащила в ее комнатку.

— Извольте дать порошок, слышите! — внушительно и нервно кинул ей вслед Лука Иванович, — и уложить ее хорошенько!..

Она повела только плечом и захлопнула за собою дверь; он взглянул еще раз на стол с машинкой и скорыми шагами вышел.

XV

Рано утром пришло по городской почте открытое письмо Луке Ивановичу. Он был уже на ногах и даже одет, чего с ним обыкновенно не случалось, в начале девятого часа. Вчерашняя сцена с Анной Каранатовной подняла его так рано: он в первый раз с такой резкостью почувствовал, как тут все неладно. Ее тон показал ему, какими глазами она на него теперь смотрит. Не то, чтобы это особенно уязвило его; но слишком ясно было, что, кроме взаимной тяжести, ничего не жило между ними; и

Настенька же — это единственное связующее звено — явилась предлогом к такому неприятному столкновению.

Первой мыслью Луки Ивановича, когда он только что проснулся, был расчет на приятельство адвоката Проскудина в деле приобретения частного места. Не на шутку хотел он положить предел своей "поденщине", схватиться крепко, обеими руками, за первый попавшийся прочный заработок, да такой, чтобы не иметь ничего общего с "сочинительством". Он заранее наслаждался сознанием того, что полгода, год, сколько хочет, не возьмет он пера в руки, т. е. как "литературный батрак" Присыпкин, а займется, когда ему угодно, хотя бы, например, своим Кальдероном или Тирсой де Молина, и будет полегонечку подбирать к ним комментарий, "как истый монах бенедиктинец", — с улыбкой прибавил он про себя, откидывая одеяло. Тогда и домашняя жизнь пойдет для него совсем по-другому: он будет находить полный отдых и отраду в своих работах "по душе", после сиденья в конторе или другом каком месте. Девочка будет расти, поумнеет, похорошеет; станет он ее учить, и других учителей возьмет, быть может, и талант в ней откроет, а то и по-испански ее выучит: "как там ни толкуй, девица с испанским языком — вовсе не то, что девица без испанского языка!" — решил Лука Иванович и превесело стал брызгаться в лоханке.

Тотчас после этих мечтаний, открывавших "новые горизонты", Татьяна просунулась в дверь кабинета и подала ему почтовую карту. Прищурившись, Лука Иванович довольно-таки долго ее осматривал. Он сначала подумал, что это Проскудин ему пишет, но рука была не проскудинская.

"Дорогой собрат" стояло вверху очень неразборчивым, косым шрифтом с завитушками.

— Это еще кто? — поморщился про себя Лука Иванович. Намек на сочинительство пренеприятно подействовал на него тотчас после его ранних мечтаний.

"Не для себя зову вас (продолжал он разбирать): на такое внимание не осмеливаюсь рассчитывать; но, право, вас ждут, и даже очень".

Слова "вас ждут" были два раза подчеркнуты.

— Кто же это? — все еще недоумевал Лука Иванович.

"Надеюсь, — кончалась записка, — что вы не забыли обладательницу квартиры в Сергиевской".

И он вслух прочел подпись:

"Душевно вам преданная Гу..."

На слоге Гу — Лука Иванович должен был остановиться: дальше начинался размашистый росчерк.

Не сразу бы догадался он, что записка "собрата" пришла от девицы Гущевой, если б не намек на "обладательницу квартиры на Сергиевской". Подчеркнутые два раза слова: "вас ждут" — заставили его улыбнуться; он представил себе узкие губы достойной особы, силящейся выразить добродушную иронию, и ему вдруг стало еще веселее, чем в постели и во время умывания.

— Неужто, — говорил он с собою, — мы — уж такие замухрышки, что нас решительно ни одна фамма не может ждать. Скучно ей, этой обладательнице, захотелось нашим братом развлечься. Что ж, Гейне восклицал: "Ma foi, und das ist gut!" {"Клянусь честью, и это хорошо!" (фр., нем.).} Повторим его припев и оденемся сегодня хоть чуточку поавантажнее!

К нему решительно вернулись и его жаргон с французскими словами и умышленно русским акцентом, и спокойный юмор, живший в нем поверх всех его внутренних ощущений. Он стал шарить в своем комоде, выбирая рубашку, где бы воротничок не лоснился; но такой рубашки не нашлось, и даже у самой лучшей не оказалось двух пуговиц для прикрытия груди. Тотчас же поднялся в нем упрек Анне Каранатовне: "Неужели, в самом деле, у ней времени нет пересмотреть его убогое белье, которым и Татьяна нимало не занимается, а есть время проводить вечера, слушая сочинения господина Белло-с!"

Но вслух ворчанья никакого не вышло. Лука Иванович начал одеваться гораздо старательнее обыкновенного и, уже одетый, заметил, что было слишком рано. Ему хотелось справиться насчет Настеньки; но он не шел в комнату Анны

Каранатовны, не желая вызвать ничего похожего на вчерашний разговор.

Стал он прибирать свой "сочинительский стол". Сначала он оглянул его с несколько презрительной гримасой. "Экая беспорядочность!" — подумал он, в нерешительности, за что ему взяться, чтобы пообчистить стол. "Ну какой же я буду служащий? Разве деловую конторку можно держать в таком виде!"

Газетные листы, исписанная и рваная бумага, пухлые книжки журналов — все это представилось ему чем-то до крайности надоедливым, ненужным, почти бессмысленным. Все это было точно куча залежавшихся булок, без вкуса и цены. Книжки разрезаны, бумага исписана, газеты запачканы; никто об этом не помнит, а всего менее тот, кто писал. И валяется теперь на столе одна бесформенная груда, с которой Лука Иванович просто не знал, как справиться.

Через полчаса он, однако, прибрал кое-как на столе; зато в угол у окна свален был весь бумажный хлам. Стол принял некоторый чиновничий вид, и даже на самой середине положена была десть чистой бумаги. Лука Иванович не сообразил, что он порядочно-таки позапылился, убирая со стола в визитном туалете.

Если б на него в щелку поглядела Анна Каранатовна, она бы не преминула сказать: "экая рохля!"

Она тоже не желала разговоров с Лукой Иванычем и прямо послала ему чаю с Татьяной, между тем как обыкновенно звала его пить чай к себе. От Татьяны узнал Лука Иванович, что "дите", т. е. Настенька, ведет себя как следует, сидит уже с куклами и не кашляет. Он очень обрадовался тому, что заходить на другую половину ему незачем, и уже в начале одиннадцатого очутился на улице.

Утро стояло яркое, солнечное. Лука Иванович чувствовал себя в своей не особенно взрачной шубке тепло и удобно. Он плотно в нее запахнулся, откинул воротник и весело постукивал своими бахилами. Вот так он будет ходить в какую-нибудь контору, только уж, конечно, на следующую зиму он обзаведется новой шубкой из американского медведя, а то и с куньим воротником на каком-нибудь высокопочтенном меху, и бахилы закажет у самого Бука. И как приятно будет методически ходить в одиннадцатом часу и сознавать, что идешь в такое место, где тебе, почти за механическую работу, дают прочный кусок хлеба, смотрят на тебя, как на солидного человека, "способного и достойного к повышению". А придешь домой, отдохнешь, превратишься снова в художника, "да-с, художника", даже не сочиняя стихов или повестей, в любителя, в комментатора, в философа, в кого хочешь! Не всуе будешь восклицать:

Ты царь, живи один — дорогою свободной
Иди, куда влечет тебя свободный ум,
Усовершенствуя плоды любимых дум,
Не требуя наград за подвиг благородный!

"Да, благородный, без всякого уж расчета на копеечки... Сиди пять-шесть лет, и явись на суд грамотных людей с целой книгой!"

Лука Иванович подходил к Казанскому собору и поравнялся с милютинскими лавками. На разные деликатесы он не смотрел: желудочных страстей он в себе не выработал.

— Куда это пробираетесь? — окликнул его хриповато-басистый голос.

— Вашему превосходительству, — ответил Лука Иванович, приподняв на оклик голову, и остановился.

Перед ним, подавшись корпусом вперед, стоял еще молодой рыжеватый генерал, с какими-то белыми глазами и двойным подбородком. И пальто с красным кантом, и фуражка с бархатным околышем — все это блистало: видно было, что генерал только что произведен к Новому году.

— Кутить идете? — покровительственно спросил генерал, покосившись на ряд милютинских лавок.

— Кутить еще рано, — ответил Лука Иванович с комическим жестом, но тотчас же удержался. В нем зашевелилось что-то новое от прикосновения генерала.

— Да и не по финансам, я полагаю?

— Да, и не по финансам, — уже совсем не по-своему проговорил Лука Иванович. Интонация его голоса значила в переводе: "нечего тут острить, иди своей дорогой".

Генерал повел тугой красной шеей и прищурился на Луку Ивановича.

— Метранпаж мне доложил, — начал он не то что начальнически, а очень уж деловым тоном, — что в доставке оригинала есть некоторая задержка.

Он говорил без акцента, но с чисто остзейской жесткостью.

— Ну, уж это они привирают, — с умышленной небрежностью возразил Лука Иванович, — я от писаря вашего знаю, что по манускрипту задержки никакой нет...

— Однако, — перебил генерал, поднявшись слегка на цыпочках, — я уже давно сбираюсь сказать вам, любезнейший господин Присыпкин, — и он оттянул конец фамилии Луки Ивановича, — что я нахожу более целесообразным оставить прежний порядок доставления рукописи и держаться более рационального порядка.

— Т. е. как же это-с? — спросил Лука Иванович и почесал у себя переносицу.

— Я говорю в том смысле, что желательно бы было иметь сразу целый, так сказать, волюм, чтобы судить о цельности впечатления вашей компилятивной работы.

Лицо Луки Ивановича нахмурилось.

— Это — как вам угодно, — сказал он, почти отвернувшись от своего собеседника, — только такого уговора у нас не было сначала.

— Согласитесь, однако ж, что так рациональнее.

— Да вы что же, штиль мой будете поправлять?

— Как это? — вдруг совсем немецким звуком спросил генерал.

— Штиль мой — вульгарно, язык; так я, хоть и не стилист, но смею думать, что оно совершенно бесполезно: работу мою вы давным-давно знаете: как один лист, так и двадцать листов будут написаны.

— Аккуратность работы того требует, и более сообразно с моими видами...

— Опять-таки я вам говорю, — перебил уже на этот раз Лука Иванович, — мне это все едино, только для доставления целого, как вы изволите выражаться, волюма, к известному сроку, надо будет горячку пороть!

— Э-э-э? — затянул было генерал.

— А это мне совсем не на руку, генерал; я и без того измучен спешной работой. Тут же эта поспешность, по-моему, будет только тешить ваше начальническое сердце, а рукопись без всякого толку пролежит у вас в кабинете.

Генерал подвинул корпус и откашлялся.

— Ваших соображений, — заговорил он, уперев свои белые глаза в шапку Луки Ивановича, — я принять на свой счет не могу. Если у нас и не было сразу такого условия, то я все-таки остаюсь при моем мнении. Тогда только я буду уверен, что издание выйдет в надлежащий срок.

— Такой поденщины я на себя взять не могу! — отрезал Лука Иванович и запахнулся, как бы с намерением продолжать путь.

— Следовательно, вы отказываетесь от работы? — уже тоном директора департамента спросил генерал.

— От такой, какую вам пришла фантазия выдумывать, — отказываюсь.

— Позвольте, однако ж, господин Присыпкин.

— На это я, господин Крафт, имею, кажется, право; листы до конца отдела я вам доставлю, а там не угодно ли вам поручить работу кому-нибудь другому.

Двойной подбородок генерала вздрогнул; видно было, что он не ожидал такого резкого оборота. Выражение лица Луки Ивановича должно было казаться ему если не дерзким, то очень пренебрежительным.

— Да я совсем не желаю вас лишать работы, — брезгливо выговорил генерал.

— Пожалуйста, не великодушничайте, — рассмеялся Лука Иванович: — я постараюсь не умереть без ваших заказов. Засим имею честь кланяться вашему превосходительству.

И, не дожидаясь ответа, он приподнял шапку и стал переходить Невский.

XVI

В несколько возбужденном состоянии шел Лука Иванович минут пять. Но он нисколько не чувствовал себя неприятно-раздраженным: напротив, ему стало весело, еще веселее, чем в начале прогулки. К такому разговору с генералом он вовсе не готовился, но разговор сам собою вышел далеко не сладкий и кончился резким отказом.

"Однако что же это я?" — вдруг подумал Лука Иванович; но этот вопрос задал прежний "поденщик", а не теперешний "кандидат на прочное место". Когда нервы немножко поулеглись, Лука Иванович не мог не сознаться, что он погорячился, и даже на совершенно небывалый манер. Можно было ведь и отказаться, да иначе. А, по правде сказать, даже "рациональное требование" генерала не представляло особенных трудностей. Теперь же — разрыв и потеря верной работы.

Отчего же так это вышло?

Генерал Крафт был еще подполковником, когда Лука Иванович "получил от него работу". С той самой поры этот военный не переставал возбуждать в Луке Ивановиче раздражающее чувство: оно-то и сказалось в выходке у милютинских лавок. Не зависть, не личное зложелательство говорили в нем. Подполковник Крафт был для него скорее собирательным типом. Его положение представлялось Луке Ивановичу, как яркая противоположность того, на что обречен он сам и ему подобные.

— Вот подите, батюшка, — говаривал он не раз приятелю своему Проскудину, — возьмите вы меня, литератора Присыпкина, с одной стороны, а с другой — подполковника Крафта. Какой бы я там ни был, хоть лыком шитый, да все-таки не плоше же считаю себя этого самого подполковника Крафта, а минутами и куда выше его себя ставлю. Что же выходит? Он — особа, а я — раб. Он занимает казенное место по литературной же части, жалованья пять тысяч рублей, квартира такая, что можно целый штаб поместить, пара вяток у него, в клубе играет по большой, да этого еще мало: для собственного удовольствия изволит издавать книжки, и всегда при деньгах! А ты тут прозябаешь, как злосчастный злак, и во всем перед ним пасуешь, постоянно чувствуешь его превосходство, особливо когда просишь денег вперед, а просишь их аккуратно два раза в месяц.

Прошло два года. Подполковника Крафта произвели в полковники, а потом и в генералы. Лука Иванович продолжал работать "на него" и все так же сознавать приниженность своего звания...

· · · · · · · · · · · · · · · · · · · ·

Бодрость не покидала кандидата на прочное место во все время его прогулки, а скорее возрастала.

"Экая важность! — поощрял он себя внутренне.— Чем скорее стряхнуть с себя это презренное рабство, тем лучше: меньше будет прицепок!"

Словом, настроение его было так взвинчено, что он даже не заметил, как прошло время до второго часа. Почтовая карта, за подписью девицы Гущевой, звала его в сторону Сергиевской. Он вовсе не давал воли своему воображению, не раздражал его образом той, кого он может там найти. Он шел точно к добрым старым знакомым: так просто он себя чувствовал, а вместе с тем эта квартира в Сергиевской открывала собою какую-то новую полосу жизни: сегодня, после вчерашней сцены с Аннушкой, еще сильнее, чем в первый раз.

Когда Лука Иванович взялся за звонок у квартиры г-жи Патера, он сейчас же вспомнил наружность горничной, отворявшей ему в первый раз. Он готов был ей улыбнуться и действительно улыбнулся, когда и на этот раз она же ему отворила.

66

— Дома, пожалуйте, — первая выговорила горничная, даже не дожидаясь того, что ей скажет Лука Иванович.

В салоне, уже знакомом ему, не оказалось никого. Лука Иванович обернулся и хотел было сесть, пока горничная доложит. Но вдруг он вспомнил фразу: "вас ждут и даже очень", — что заставило его остановиться посредине комнаты. В правом углу была дверь, полузавешенная портьерой. Оттуда донесся вдруг легкий шум, как будто кто-то разрезывал книгу.

— Это ты, Елена? — спросил женский голос.— Кто это звонил?

Лука Иванович почувствовал в себе такую смелость, что пошел прямо к двери.

— Это — я! — выговорил он, остановившись в самой портьере.

На кушетке, налево от двери, почти прилегла "обладательница квартиры", с толстой книжкой в красной обертке. На ней была шелковая безрукавка и тюлевая косынка на голове.

Она быстро поднялась, выпрямилась и даже как будто покраснела немного.

— Ах, это вы! Как это приятно! И так неожиданно!

На эти три восклицания Лука Иванович ответил широкой улыбкой и движением левой руки вбок.

— Садитесь, садитесь. Вот сюда! — и она указала на табурет около себя.

— Вы, конечно, к вашему собрату по литературе? — продолжала она, ласково оглядывая гостя.

— А ваша кузина дома? — уклончиво спросил Лука Иванович.

— Вероятно, дома, разве вы не спросили? Я бы не осмелилась принять вас одна.

И она немножко откинулась на спинку кушетки.

— Вы, право... слишком уж невеликодушны! — выговорил Лука Иванович, продолжая улыбаться глазами.

— Это почему?

— Да как же? сейчас меня сочинительством попрекать изволите.

67

— Ах, нет!

Лицо ее стало вдруг гораздо серьезнее, и глаза ушли куда-то вдаль. Лука Иванович заметил это.

— Полноте, не говорите со мной таким тоном: я сбиралась даже сама написать вам и просить как-нибудь прийти ко мне запросто вечером. Я и Елене говорила об этом, да не знаю, передавала ли она вам...

И она несколько исподлобья взглянула на него. На этот раз Лука Иванович положительно смутился.

— Только вы, пожалуйста, не подумайте, что я с вами сейчас же буду говорить о литературе или о ваших сочинениях... у меня настолько достанет вкуса или такта, как хотите. Но видите, во всем этом Елена виновата: она мне много о вас говорила, и я увидела в вас именно такого человека... какой мне нужен... я не знаю, как иначе выразиться.

— Да это — самое лучшее выражение.

— Вы, пожалуйста, ко мне не придирайтесь, я не привыкла говорить с людьми... интеллигенции, как выражается Елена; хоть и знавала на своем веку разных умных людей, только мало воспользовалась этим!..

Ее веселый, почти ребяческий смех сообщился и Луке Ивановичу.

— Если б вы были знаменитость какая-нибудь, романист или драматический писатель — я бы не стала искать с вами знакомства: что за охота чувствовать себя девчонкой!.. Я же очень застенчива, хоть это и не кажется — не правда ли? С ними тон особый нужно принимать, рисоваться и говорить глупости.

"Какая она милая!" — подумал гость и совершенно несалонно закинул ногу на ногу.

— А вы, хоть и писатель...

— Да из плохоньких, — с мягким добродушием добавил Лука Иванович.

— Ха-ха-ха! я не знаю, я вас совсем не читала, но Елена уверяет, что вы... замечательный публицист: это — ее любимое слово. И даже чуть ли не по-испански знаете...

— Грешен!

— А главное, вы — такой человек, судя по ее рассказам, о каком я в последнее время много думала...

Лука Иванович хотел было закричать: "пощадите!" — но воздержался, решив, что это слишком бы отзывалось "кавалером". Он только отвел глаза от собеседницы.

— Вы думаете — я дурачусь. Клянусь вам, я совершенно серьезна... ведь это так трудно в Петербурге напасть на мужчину, хоть немножко из ряду вон... Извините, что я вам это все прямо... Мне с вами хотелось бы побольше поговорить, да не знаю, как это сделать.

— Неужто оно так трудно? — спросил Лука Иванович.

— Не легко.

— Почему же?

Лука Иванович втягивался в игривый тон разговора.

— Ах, Боже мой!.. идет как-то глупо жизнь... вот теперь еще самая свободная минута... если вы только не торопитесь к вашему собрату по литературе...

Она не докончила и резко обернулась к двери, заслышав шаги в салоне.

Только что Лука Иванович успел вслед за нею обернуться, глаза его упали на высокую фигуру в военном сюртуке и густых эполетах, с белой фуражкой в руках. С фона портьеры выступило широкое, несколько отекшее лицо человека лет за тридцать, с черноватыми плоскими бакенбардами, хмуро ухмыляющееся и покрытое жирным лоском.

— Ах, это вы! — воскликнула хозяйка, совершенно так же, как она приветствовала и Луку Ивановича.

Военный вошел уже совсем и чмокнул протянутую ему руку, как бы не обратив внимания на того, кто сидел около хозяйки.

— Какая это смешная комната, — заговорила она тоном девочки, — троим уже и тесно, перейдем в гостиную.

Она живо поднялась, вся обернулась и взглядом пригласила Луку Ивановича. Он, весь съежившись от внезапного появления нового лица, поплелся вслед за военным.

XVII

В гостиной полковник (Лука Иванович разглядел, что у него эполеты были без звездочек) уселся около дивана, где поместилась хозяйка, и плотно придвинул к дивану свое кресло. Палаш он уткнул между ног и сейчас же полез в карман рейтуз.

— Вы позволите, — сказал он ей не тоном вопроса, а мимоходом, как вещь, которая сама собою разумеется.

Лука Иванович присел около пианино, по ту сторону овального стола.

— Пожалуйста, — кинула хозяйка полковнику и, точно схватывая начатый разговор, продолжала, — вы меня видели вчера на Невском, только не успели поклониться... как вам нравится мой attelage {упряжка (фр.).}?..

И потом, спохватившись, она указала рукой на обоих гостей своих и стала называть их:

— M-r Прыжов, m-r ... ха-ха-ха!.. вот это хорошо: вашу-то фамилию я вдруг и забыла... только со мной случаются такие вещи, подскажите — шепнула она, шаловливо наклонившись в сторону Луки Ивановича.

— Присыпкин, — отчетливо, но не особенно охотно ответил он и обменялся с военным поклоном.

— А у вас, кажется, новая лошадь? — обернулась хозяйка в сторону полковника.

— Нет, все та же.

— Эта посветлее.

— Как вы называете?

— Подъездок; вы понимаете, вторая лошадь, для простой полковой езды.

— А у вас сколько всех лошадей?

— Вас это интересует?

— Вы знаете, я лошадей люблю больше людей.

— Похвально! Извольте, я пересчитаю: небезызвестный вам парадер, два подъездка и три упряжных лошади.

— Серые в яблоках?.. я их знаю!

— И караковый.

— Рысак?

— С порядочной побежкой.

— Какого завода, Хреновского?

— Нет, Воейковского. Ваши чаленькие тоже, кажется, с побежечкой?

— Только такая возня с моими лошадьми! Я хочу продать их и буду ездить на извозчичьих. Чтобы держать своих лошадей, надо быть мужчиной.

— Не спорю, — подтвердил полковник и дунул на папиросу.

"И долго они этак будут?" — подумал Лука Иванович и еще больше съежился.

— Это прекрасиво, — продолжала хозяйка, — когда по Невскому едут пять-шесть человек в ряд, и все в белых фуражках. А вы не боитесь простудиться в одном сюртуке?

— Привычка!

— Да он, может быть, у вас на пуху?

И она расхохоталась.

— Вот этот самый сюртук, из обыкновенного драпу.

— Не поверю. Уж под ним наверно что-нибудь надето.

— Ну, конечно, — протянул полковник и переставил палаш.

— А кто ехал рядом с вами?

— Корнет Цабернакель.

— Красивый мужчина, кажется?

— Очень хороший мальчик.

"И как им обоим легко", — продолжал Лука Иванович, поглядывая то на нее, то на него.

— Да вы меня на парадере видали, а это — подъездок.

— Хороший? — переспросила хозяйка.

— Прикажете привезти?

— Привезите.

— Видите, как я себя веду? — заметил полковник и двусмысленно улыбнулся.

— Я уж вам давно сказала, что довольна вами.

— Низко кланяюсь.

— Скажите Калупуцкому, отчего он так давно у меня не был?

— Болен.

— Что с ним?

— Не при смерти, успокойтесь... на днях явится...

— Буду ждать.

Полковник докурил папиросу и оправился.

— Сегодня среда, — сказал он и поглядел пристально на хозяйку.

— Среда, — повторила она, играя глазами.

— Помните?

— Помню.

— Так до свидания.

— До свидания.

Он опять чмокнул протянутую ему руку, палаш болтнулся вправо и влево и задел одну шпору. Лениво покачиваясь, стал он выходить из салона и чуть заметно кивнул головой в сторону Луки Ивановича.

Широкая его фигура скрылась за цветной портьерой салона. Лука Иванович поглядел ему вслед, а потом обернулся, и глаза хозяйки встретились с его взглядом.

— Извините, — полушепотом сказала она.

— Почему так? — совершенно искренней нотой спросил Лука Иванович.

— За то, что проскучали.

— Нисколько.

— Так вы наблюдали?

Она подчеркнула последнее слово насмешливым звуком.

— Коли хотите — наблюдал.

— И, конечно, говорили про себя: какова эта барыня? просто ужасно! может с офицерами толковать о каких-то парадерах и подъездках, знает про Хреновский завод и справляется про каких-то корнетов! Ужасно! Не правда ли?

— Нужно и с господами офицерами уметь говорить; я вот, например, плохо умею и этого себе в достоинство не ставлю.

— Да, надо, а то совсем будет плохо... Этот полковник Прыжов... хорошо себя ведет, я его за это люблю... Вы ведь знаете: когда мужчина, который может считать себя видным... ну, и в таком полку служит, начнет за кем-нибудь ухаживать и увидит, что надеяться ему трудно... на успех, он сейчас же разозлится и не может даже продолжать знакомства... А m-r Прыжов — гораздо добрее или умнее, как хотите... Мы с ним и теперь большие друзья.

— Стало быть?.. — не договорил Лука Иванович.

— Он одно время сильно за мной ухаживал... с ним была ужасная скука... Теперь он так, как есть... о лошадях и вооообще с ним поболтать можно, а тогда он считал своей обязанностью говорить... сладости...

Она сделала движение, точно опять спохватилась.

— Ах, пожалуйста, m-r Присыпкин, извините меня!.. Я вас заставляю присутствовать при Бог знает каких разговорах... а Елена все нейдет, — уж, поверьте, это она — с умыслом.

— Каким же?

— А вот каким: пускай вы полюбуетесь на всю мою пустоту... Она очень добрая и добродетельная, но с капелькой яда... И милее всего то, что она считает меня совершенно наивной... думает, что я ничего этого не понимаю... Ну, что ж: она этого хотела... и посидите здесь... посмотрите на мой petit lever {маленький утренний прием (фр.).}... Слышите, опять позвонили?

— И этак каждый день? — спросил Лука Иванович.

— Да, когда я бываю дома; до трех часов почти что каждый день.

В передней раздался звук сабли.

— Опять из воинов? — тихо проговорил Лука Иванович.

Он еще не знал, какого тона держаться; но сама хозяйка точно нарочно старалась его сбить с толку.

XVIII

В портьеру просунулась курчавая голова с восточным, очень красивым лицом. Такой военной формы, какая была на этом юноше (ему казалось на вид лет девятнадцать) Лука Иванович еще никогда вблизи не видал, хотя тотчас же сообразил, к какому "роду оружия" принадлежит этот "абрек".

От него так и шло серебристое сияние.

— Здравствуйте, князь! — почти крикнула ему m-me Патера, приподнявшись немного на диване.

"Князь" выпрямился, повел плечами с коваными эполетами и прошелся правой рукой по своим кудрям.

Профиль у него был чистейшей кавказской породы, щеки с матовой белизной и усы необыкновенно красивого рисунка.

— Извините, вчерашнего дня опоздал на Невский. Слово "извините" вышло у него, по звуку: "эзвэнэтэ", — и во всей фразе восточный выговор резко заявлял себя.

Он пожал протянутую руку хозяйки и хотел было опуститься в кресло; но, заметив в углу Луку Ивановича, вежливо с ним раскланялся, сказав и ему:

— Извините.

"Ничего-с, — выговорил про себя Лука Иванович.— Мы не взыщем".

— А сегодня вы едете на Невский? — спросила князя m-me Патера.

— Беспременно! — молодым гортанным баском ответил князь, и его темно-оливковые глаза метнули искрами.

"Экий статный зверь!" — похвалил его Лука Иванович.

— И все на той же лошади?

Кавалерийский разговор продолжался.

— Извините, на другом, — выговорил весело князь.

Было очевидно, что слово "извините" служило князю руководной нитью всякой беседы.

— Также кабардинской породы?

— Карабахская кобыла.

M-me Патера чуть заметно поморщилась. Лука Иванович

сдержал улыбку. Князь невозмутимо обволакивал хозяйку глазами.

— Курите, князь, — сказала она с особенною мягкостью.

— Благодарствуйте, — выговорил он точно по складам и полез за папиросницей в свои рейтузы, все еще привлекавшие внимание Луки Ивановича: они были в обтяжку, светло-зеленого цвета, с двойным позументом.

Курил князь уже совершенно по-гвардейски, даже папиросу держал русским жестом, огнем внутрь, между вторым и третьим пальцем.

— Не правда ли, m-r Присыпкин, — обратилась m-me Патера в его сторону, — князь очень недурно говорит по-русски, а он всего два года здесь... Ах! я и забыла вас познакомить: князь Баскаков... так ведь кажется?

— Извините... я настоящим манером...

— Да, я знаю, у вас разные есть имена; но я не могу их произнести... есть и Оглы и еще что-то!

Князь рассмеялся и выставил действительно "ослепительные" зубы.

— Я знаю, что вы и так называетесь, и оно гораздо легче.

Князь опять рассмеялся.

— M-r Присыпкин... наш известный литератор...

Лука Иванович не утерпел и поглядел на m-me Патера глазами, говорившими: "да ему-то что за дело до того, что я литератор?"

Но князь как будто бы понял звание Луки Ивановича и еще раз поклонился ему с видимым почтением.

— Позвольте спросить, — отнесся он к Луке Ивановичу, выпучив на него глаза, — вы не учите по-русски?

— Русскому языку? — переспросил Лука Иванович, добродушно оглядывая его горские украшения на груди.

— Все это, что требуется... грамматика... и там еще... как это?

— Да вам разве нужно, князь? — спросила m-me Патера.

— Нет, я теперь учен... ха-ха-ха! а я для товарища... молодой князь.

— Ваш земляк, из одной области? — полюбопытствовал Лука Иванович.

— Извините... он не оттуда, есть племя Адэхэ.

— Как, как? — вскричала m-me Патера.

— Адэхэ, — совершенно серьезно выговорил князь, — малый уж в двадцать лет... а ничего не может... насчет грамматики... Нанял он учителя... дорогой учитель... пять рублей час... честный человек, пять рублей... Фрелин баронесса... как бишь ее... ну, все равно... крестная мать... его тоже крестили... сама прислала этого самого учителя. Бился, бился он — и ничего!.. Со мной говорил: я — это учитель говорит — не могу, потому у него нет в голове ни существительного, ни прилагательного. Два месяца я, говорит, хотел вбить в него — и не могу!

Князь даже встал в жару разговора и расставил ноги. Хозяйка и Лука Иванович с оживленными лицами глядели на него.

— Башка! — воскликнул он и ударил себя по красивому белому лбу.— Учитель ему: вот смотри, князь, дверь ты можешь брать рукам, можешь? Могу. Это — существительное... А какой цвет у занавес? — Красный цвет. Можешь ты брать его рукам! Нет, не могу. Это — прилагательное, понимаешь? — Нет, не понимаю! Тут и говорит ему учитель: ты — дурак, князь, я тебя не буду учить и пять рублей твоих не беру.

И Лука Иванович, и m-me Патера разом расхохотались. Князь представлял все в лицах и старался даже подражать голосам учителя и ученика.

— Так вы желаете, — начал Лука Иванович, — чтобы я занялся вашим товарищем?

— Окажите услугу, парень отличный, честное слово!.. Уж такое племя Адэхэ... у них тут нет (он указал на лоб), как это вам рассказать...

— Мыслей никаких, — подсказал Лука Иванович.

— Истинно, мыслей нет. Например: скажи ему — Бог... у всякого народа есть свой Бог... И понимает кажный... А у Адэхэ и Бога настоящего нет... Потому учитель тоже и говорил мне, что ни существительное, ни местоимение никак башка его не берет!.. Никак!..

Князь махнул рукой и сел.

— К сожалению, — отозвался Лука Иванович, — я не искусен в преподавании.

— Сделайте милость! — крикнул князь.

— Но вы можете кого-нибудь рекомендовать, — заметила m-me Патера.

— У меня нет особых знакомств в учительском мире, но я постараюсь.

Глаза князя как-то заблуждали, точно он потерял нить всякого разговора; но тотчас он весь встрепенулся: нить была снова найдена.

— Сегодня середа, — чуть заметно ухмыляясь, говорил он.

— Середа, — игриво повторила хозяйка.

— Значит, можно надеяться?

— Вероятно...

— Имею честь!

И князь порывисто вытянулся во весь рост: по его украшениям на груди прошла звонкая дрожь. Так же сильно, как и при входе, пожал он руку m-me Патера; она вынесла это рукопожатие, не поморщившись.

— Очень благодарен, — сказал князь, кланяясь Луке Ивановичу, — вот через мадам Патера скажите адрес... пять рублей час...

Одна рука князя в замшевой перчатке сжала баранью шапку, а другой он придержал свою шашку, выходя из гостиной.

XIX

— Ужасно! — прошептала m-me Патера, с ужимкою, в сторону Луки Ивановича.

— Очень интересно, — ответил он ей в тон.

— Нет, Елена слишком зла! Надо позвать вам ее, она

нарочно нейдет, или она для вас туалетом там занимается... Еще один посетитель — и я окончательно убита в вашем мнении, m-r Присыпкин.

— Да почему же? только я одно не совсем понял: все эти господа спрашивают вас все про среду.

— Вы не догадались?

— Нет.

— Ах, какой вы добродетельный: по средам бывают маскарады в купеческом.

— А-а!

— Елена! — крикнула m-me Патера входящей кузине, — я не ожидала от тебя такого коварства!

И Лука Иванович, при всей своей незлобности, не мог не заметить, что девица Гущева слегка принарядилась; даже волосы ее были не то короче подстрижены, не то причесаны на другой манер.

— Какое коварство? — откликнулась она, краснея.— Лука Иванович, извините, но я думаю, что вы в таком приятном обществе...

— Вот видишь, вот видишь, Елена: капелька яда уже пущена.

— Где, какой яд?

— M-r Присыпкин, спасите меня: или я удалюсь, или вы уведете от меня эту ужасную девицу!

Все трое рассмеялись. Лука Иванович встал и шутливо спросил:

— Куда же прикажете?

— Туда, в столовую... я тебе серьезно это говорю, Елена!

— Ты, стало быть, гонишь твоего гостя?

— Нисколько, но я не желаю, чтобы он присутствовал так долго при визитах моих всегдашних гостей; я знаю, что ему и теперь уже тошно.

— Нисколько, ей-же-ей! — вскричал Лука Иванович.

— Нет, нет! Пускай Елена посидит с вами, вы сделаете паузу, а там придете проститься... и назначим тогда часы, когда у меня не такая ярмарка.

— Это не легко! — заметила Елена Ильинишна.

— Вот и вторая капелька яда... уведите ее, m-r Присыпкин!

Лука Иванович предложил руку госпоже Гущевой.

— Куда прикажете? — спросил он обеих дам.

— В столовую! — скомандовала m-me Патера и почти выпроводила их из салона.

Елена Ильинишна продолжала смеяться с оттенком нервности до той минуты, когда ее кавалер усадил ее в столовой на диван, занимавший одну из стен комнаты. Он и сам поместился рядом с ней.

Ее лицо было, как всегда, красновато и возбуждено. Тревожные глаза глядели на него насмешливо.

— Лука Иванович! — вздохнула она.

— Что прикажете?

— Пари готова держать, что вы не заметили одной вещи.

— Какой?

— А того, что вы были здесь вчера и, если б вспомнили, что это было именно вчера, то наверное не пришли бы сегодня.

— Не знаю.

Он должен был внутренно сознаться, что она права: получая сегодня ее записку, он не подумал, что не прошло суток с его вчерашнего визита в Сергиевскую.

— Вы увлечены! — с новым вздохом прошептала Елена Ильинишна.

— Вы думаете? — отсмеивался Лука Иванович.

— Что ж!.. это понятно... Только, пожалуйста, не относитесь слишком искренно к тому, что вы видели... и что еще увидите.

— Для вас это занимательнее, чем для меня, — продолжал отыгрываться Лука Иванович: — вы ведь — беллетрист, а я — простой чернорабочий.

— Нет, уж избавьте меня от таких типов! — воскликнула Елена Ильинишна, — я несколько выше ставлю призвание романиста.

— И напрасно-с, — оттянул Лука Иванович, — это — по книжке вот то, что вы изволили сейчас высказать. Лучше бы вы сидели у вашей кузины в салоне да собирали все в свой писательский ридикюльчик, а потом, придя к себе в комнату, в тетрадочку бы все и вносили... богатейшая бы вышла коллекция!

— Постыдно и заниматься таким народом!

— А лучше разве сочинять разных, вы извините меня... ванек-встанек да награждать их добродетелями и цивическими чувствами?

— Ах, полноте, — чуть не со слезами на глазах вскричала Елена Ильинишна, — это недостойно вас, Лука Иванович!.. Если и можно наблюдать в салоне моей кузины, то разве затем, чтобы бичевать...

— Да оставьте вы, Елена Ильинишна, высокий слог! Бичевать!..

— Да, бичевать!..

— Так что ж вы кузину вашу не бичуете?

— Не думайте, что я скрываю от нее мой взгляд... мои принципы! Я ни перед кем не умею и не желаю унижаться. Она очень хорошо знает, как я смотрю на ее жизнь.

— Только ваша проповедь, должно быть, как об стену горох?

— Разумеется!

— А кто в этом виноват?

— Кто?

— Видимо дело — вы!

— Я? это прекрасно!..

— Перметё {Позвольте (фр.).}, вы действуете натиском жалких слов и возвышенных начал, ведь да?

— А как же вы сами...

— Ведь да? И ваши речи, кроме раздражения или тоски, ничего вызвать не могут в такой женщине, как ваша кузина. С такими малыми детьми нужна другая метода, уж коли действительно желаешь направить их как следует, или, лучше сказать, как гувернеру хочется.

— Предоставляю это вам, Лука Иваныч!

— Да полноте нервничать, Елена Ильинишна, — остановил

ее Лука Иванович добродушным звуком и протянул руку, — из-за чего нам с вами пикироваться!.. Дело простое: если вы любите хоть немножко вашу кузину и считаете ее способной на что-нибудь порядочное, так и сумеете повлиять на нее в хорошую сторону.

Выражение лица Елены Ильинишны стало иное; она опустила глаза и заметно успокоилась, ответив на рукопожатие своего собеседника.

— Может быть, вы правы, — начала она гораздо проще и искреннее, — у Юлии, в сущности, есть и доброта, и даже честность в натуре... может быть, мои проповеди были действительно бестактны, неумелы. Я не хотела бы считать ее совершенно безнадежной. Ну, что ж! Вот вы — такой свежий человек, с широкими взглядами... наконец, вы мужчина, у вас и манера будет мужская, а это много значит. Возьмите в руки Юлию.

— Я? — вскрикнул Лука Иванович и рассмеялся.

— Ну да, вы, Лука Иваныч! Только не увлекайтесь очень... тогда все пропало. Быть может, уже поздно? — спросила она с ударением.

— Вы опять начинаете язвить?

— Нет; но ведь мужчине, даже самому серьезному, трудно отдать себе отчет в том, — очень он увлечен в известную минуту или нет. Разве это не правда?

— Вам лучше знать, вы романы сочиняете.

— Не сочиняю ничего, ничего, а только пишу. Хотите, заключим такой договор: как только я замечу, что вы теряете самообладание, я должна вас предупредить — хотите?

— Нет, уж избавьте от такой миссии! — живо заговорил Лука Иванович.— Где нам брать на себя перерождать женщин вроде вашей кузины! Мы ведь замухрышки!

— Как?

— Замухрышки!

— Унижение паче гордости!

— Нисколько. Такая личность, как ваша кузина, коли захочет, разом проглотит нашего брата.

— Если он ею увлечется — пожалуй.

— А станет он сохранять свою независимость, так и отойдет, не солоно хлебнувши, поверьте мне.

— Но вы себе противоречите, Лука Иванович. Вы сейчас же говорили, что возможно хорошо повлиять на Юлию, если взяться за это с уменьем. Ведь вы это говорили?

— Тоже повторю я и теперь. Вероятность есть, особливо, коли натура у ней и добрая, и честная; но опять-таки надо действовать не с преднамерением, не считая себя гувернером, а так, исподволь, при всяком удобном случае. А для этого надо съесть вместе куль соли, жить в одной квартире, вот как вы с кузиной, видаться по целым дням.

— Нет, я не согласна с этим взглядом! Напротив, надо появляться только в известные минуты, всего чаще неожиданно, стоять в стороне и приносить с собой другой воздух, действовать контрастами.

— Батюшки, да мы с вами точно в педагогическом обществе рефераты читаем!

— Дайте мне докончить, Лука Иванович. Мы с вами не светские марионетки, мы умеем говорить серьезнопи искренно... а то иначе это выходило бы одно злоязычие. Если мы заговорили о кузине с участием, надо же прийти к какому-нибудь выводу.

— Вывод один; не бросайте ее, толцыте и отверзится вам!

— Хорошо; но я одна не могу, я беру вас в помощники.

— Увольте!

— Значит, вы боитесь; значит, увлечение началось!..

И Елена Ильинишна вся передернулась, захихикав маленьким нервным смехом.

— Не знаю! — все еще шутливо ответил Лука Иванович.

— Но тогда вам надо бежать из этой квартиры. А то вы меня же будете потом проклинать за мое приглашение.

— Какие страхи, Елена Ильинишна! Зачем вдаваться в такую трагедию? Просто будем жить, пока живется; я вот нахожу, что очень уже засиделся в своей конуре — надо и промяться немного, поглядеть на живых людей.

— Это — не жизнь, это — мертвечина!

— Вот вы как сильно! до мертвечины еще далеко; а знаете ли... курьезно!

— Вы, стало быть, не боитесь, и я хоть и мельком, но часто буду видеть вас здесь?

— Как случится; труса праздновать — зачем же, Елена Ильинишна. Вы будете последовательны: приглашали меня сейчас в специальные воспитатели, а теперь пугаете, да еще как!.. Уж если будет для меня смертельная опасность, схватите меня тогда за руку: у вас душа добрая, я знаю.

— Смотрите, Лука Иваныч! — искренней нотой вздохнула она и смолкла.

— Я уж на вас полагаюсь! — со смехом вскричал Лука Иванович, но смех его тотчас же оборвался.

XX

— Барыня просит вас пожаловать в гостиную.

Эти слова горничной прервали их беседу.

— Кого? — спросила с прежней тревогой Елена Ильинишна.

— Их-с, — указала горничная головой на Луку Ивановича.

— Идите, идите! — шутливым шепотом проговорила Елена Ильинишна.

— А вы? — точно струсив, откликнулся он.

— Я пойду к себе. Если вы обо мне вспомните уходя — зайдите; вы еще не заглядывали в мою каморку.

— Так до свидания, Елена Ильинишна; только, право, вы меня очень напугали.

— Смейтесь, смейтесь! — раздалось ему вслед.

Он был как-то особенно возбужден неожиданным оборотом разговора с "собратом по литературе". Ему не за что было внутренне подсмеиваться над девицей Гущевой. Напротив, она повела разговор с такой смесью искренности и легкой насмешки, что впечатление осталось, и почему-то такое,

83

которое заставило Луку Ивановича при входе в гостиную немного подобраться, точно будто он хотел решить тут же вопрос, как вести ему себя: "с преднамерением", как он говорил Елене Ильинишне, или так, отдаваясь течению, ничего не боясь и ничего не добиваясь по вопросу "исправления" m-me Патера.

Он остановился в дверях. Фигуру хозяйки заслоняла другая широкая фигура военного, даже сзади очень знакомая ему. "Кто же бы это такой?" — тотчас же спросил он себя.

Гость в эту минуту наклонился и целовал руку, собираясь уходить.

— Только не ускользайте, как в последнюю среду, — говорил он голосом, заставившим Луку Ивановича покраснеть.

Говорил генерал Крафт.

— Да вы меня узнаете всегда, генерал. Хотите, я совсем без маски явлюсь; я уже раз так была, просто с двойным кружевным вуалем — гораздо лучше дышится.

— Я все всегда узнаю с первого взгляда, — произносил генерал с солидной сладостью; — но вы исчезаете... порхнете по зале — и вас больше нет, и надо долго-долго ходить, пока найдешь вас в каком-нибудь tête-à-tête, в амбразуре окна.

Все это он выговорил, стоя задом к двери.

— До свидания, до свидания! — повторила m-me Патера своим игривым звуком, который уже начинал слегка раздражать Луку Ивановича. — Ах, ваша беседа кончилась? — крикнула она ему, немного привставая.

Генерал круто повернулся на каблуке и не только удивленно поглядел на Луку Ивановича, но даже попятился.

— Хоть и немного поздно, но позвольте вас познакомить, — начала m-me Патера.

— Этого не нужно, — брезгливо отозвался генерал, — я давно имею удовольствие знать господина Присыпкина.

— И я также, — весело ответил ему Лука Иванович, с каким-то особым удальством во взгляде и положении всего корпуса.

— Да? — удивленно переспросила m-me Патера и совсем приподнялась.

— Имею удовольствие, — повторил генерал, не подавая руки Луке Ивановичу, — он лишь слегка нагнул свое туловище.

Лука Иванович отвернул от него голову и тут только заметил, что на том месте, которое он занимал до ухода в столовую, помещалась новая мужская фигура, но уже не военная. Это был еще очень молодой человек, русый, с круглой бородкой французской формы, волнистыми, густыми волосами, несколько унылым обликом лица и темными, красивыми, глубокими глазами. Блеск их резко противоречил общей сонливости выражения этого гостя. Его туалет говорил о непринужденности вкусов: вместо визитного сюртука на нем мешковато сидел бархатный пиджак темно-пепельного цвета. В руках держал он меховую кунью шапку.

Генерал уже давно скрылся за портьерой, а все трое еще молчали.

— Вы знаете Крафта? — первая начала m-me Патера. — Вот чего я не ожидала.

— Даже работал на него чуть не три года, — ответил Лука Иванович, не зная, куда ему примоститься.

— Работали? Как работали?

— Как обыкновенно работают: он делал заказы, а я поставлял исписанную бумагу.

— И, кажется, не особенно вы с ним...

— Ладите, хотите вы сказать? Я как раз сегодня попросил расчета.

— Вы это сказали, точно прислуга... да я и понять не могу: каким это образом Крафт мог быть вашим...

Она не находила слова.

— Патроном?

— Ну да, он — просто генерал.

— Да вы его как знаете? — игривее спросил Лука Иванович.

— По маскарадам только; он — преуморительный... одни русские немцы бывают такие смешные, когда они желают нравиться.

— Стало, вы не воображали, что он, в некотором роде — письменный генерал?

— Нисколько!..

Лука Иванович все еще не садился. Глаза его опять обратились в сторону молодого человека в бархатном пиджаке. M-me Патера обернулась в том же направлении.

— M-r Пахоменко! — крикнула она молчаливому гостю. — Вы взяли место m-r Присыпкина.

— Помилуйте, — стыдливо перебил ее Лука Иванович, — кресел здесь довольно.

— Вот вас, господа, можно перезнакомить не потому только, что так делается... Один — писатель, другой — художник.

Художник, не меняя своего унылого выражения, поклонился Луке Ивановичу, но ничего при этом не сказал.

— Живописец? — полюбопытствовал Лука Иванович.

— Скульптор, — ответила за художника хозяйка, — у нас это — редкость. Да оно и удобнее для малороссийской натуры: можно ведь двадцать лет стукать по одному куску мрамора... не правда ли, Виктор Павлыч?

Виктор Павлыч хмуро, но добродушно улыбнулся и опять-таки промолчал. Луке Ивановичу не трудно было тотчас же сообразить, что m-me Патера гораздо ближе с ним, чем с своими военными посетителями, что она с ним даже совсем не церемонится.

— Надеюсь, — продолжала она, — что теперь никого уж не будет сегодня, и у меня есть час свободного времени.

— А потом? — спросил Лука Иванович.

— Потом я еду кататься.

— Так не прикажете ли сейчас же удалиться?

— Зачем это? Мы с вами двух слов еще не сказали, я никакого особенного туалета делать не буду. Виктор Павлыч!

Глубокие глаза малоросса уставились на нее.

— А ваша академия?

— Ничего, стоит, — ответил он грудным, тоже хмурым тенором.

— Знаю, что стоит на Васильевском острову. А кто мне обещал третьего дня сидеть в мастерской с десяти до четырех?

— Вероятно, я обещал.

— А здесь — разве мастерская? Вы ни на что не похожи с вашей ленью! Ей-богу, это постыдно!.. Я не хочу быть вашей сообщницей, — слышите! — не хочу иметь на совести то, что вы, сидя у меня, теряете драгоценное время.

— Слушаю.

— И не двигаетесь с места!

— Позвольте хоть папироску выкурить.

— И папироски не позволяю! Отправляйтесь, отправляйтесь и знайте, что по утрам вас принимать не будут!

— А когда же вечером? — нерешительно и даже застенчиво выговорил скульптор.

— Когда застанете меня.

Гость на этот раз повиновался, встал, не разгибая понурой головы, и медленно, как провинившийся школьник, подошел к m-me Патера.

— Сердитесь на меня сколько вам угодно, — утешала его она ласковой улыбкой и подала руку.

Он ее только пожал, но поцеловать, как другие посетители, не решился. Также медленно выходил он из салона. На пороге обернулся, поклонился Луке Ивановичу и сказал чуть слышно:

— Прощайте!..

Его провожал громкий и раскатистый смех хозяйки.

XXI

— Уф! — звучно вздохнула она и жестом руки пригласила Луку Ивановича сесть поближе.

Он сел и ждал, что она скажет.

— Насилу-то! — выговорила она также выразительно.

— Очень уж диктаторски поступили, — заметил Лука Иванович.

— Он — еще мальчик.

— Ну, не очень-то.

— Пускай учится.

— А те уж учены... как князь?

— С тех ничего больше и не спросится!.. Но забудемте всех их: что нам до них за дело, m-r Присыпкин!.. Я все вас зову так, по-светски; но мне это не нравится: вас ведь зовут по-русски — Лука Иваныч?

— Совершенно верно, — ответил он, чувствуя, что какое-то приятное щекотание начинает обволакивать все его существо.

— И вы меня не зовите m-me Патера.

— А как же прикажете?

— Юлия Федоровна.

— Так, разумеется, будет приятнее.

— Какая досада, что так мало остается у нас времени!

— На Невском уже ждут всадники? — смело подшутил Лука Иванович.

— Вон вы какой, — не лучше Елены. Не мне одной, и вам нельзя у нас по целым дням засиживаться; ведь вы — трудовой человек.

Она так выговорила последнюю фразу, точно хотела сказать: "вы думали, я не умею выражаться по-вашему — и ошиблись".

— Я уже вам сказал, Юлия Федоровна, что попросил расчета или, вот как рабочие говорят на фабриках: зашабашил.

— Вы совсем прекращаете всякую работу, не будете больше писать?

— Буду, когда мне захочется, но из литературных поденщиков хочу выйти!

Игривая улыбка внезапно сошла с ярких губ Юлии Федоровны.

— Растолкуйте мне, пожалуйста, я не совсем понимаю... у вас это вырвалось с такой горечью...

— Извините, я не хотел вам изливаться, а так вышло. Дело, впрочем, самое немудрое: мне вот уже чуть не под сорок лет, больше десяти лет я печатаюсь, имею право желать какой-нибудь прочности, какой-нибудь гарантии своему труду, готов всегда сделать что-нибудь порядочное, если не крупное и не талантливое — а дошел до того, что мне моя поденщина стала... омерзительна!..

Все это Лука Иванович выговорил довольно стремительно, но как будто против своей воли, точно кто толкал из него слова. В лице он старался удержать свое обыденное выражение юмора, а тон выходил горячий и действительно с оттенком душевной горечи.

— За что же вы возьметесь? — спросила точно испуганно Юлия Федоровна.

— Все равно; в рассыльные пойду, если не повезет на чем-нибудь другом!

— Лука Иванович, — выговорила с падением голоса Юлия Федоровна, — я просто точно с неба свалилась... так это неожиданно.

— Что же-с? — резко спросил он, подняв на нее глаза.

— А вот то, что я от вас слышу. Я до сих пор думала, что быть писателем — самое высокое призвание... Елена беспрестанно мне повторяет, что нет ничего выше. Она, например, совершенно довольна. Правда, она и вообще восторженная, легко обманывается; но все-таки... Выходит, что писатель, после такой долгой карьеры, тяготится... своей, как вы говорите, поденщиной.

— Извините еще раз, это — мои личные делишки...

— Вот это уж и нехорошо: вы точно испугались того, что были откровенны с такой пустой личностью, как я. Впрочем, я знаю, что не имею права обижаться.

Она смолкла и отвела голову от своего собеседника. Ему сделалось очень совестно.

— Вовсе нет, Юлия Федоровна! — вскричал он.— Вовсе нет! Ничего подобного мне и в голову не приходило; но к чему такие излияния, скажите на милость? Вы чужды всему этому; а я — не проситель, не капитан Копейкин, и генеральского места вы мне дать не можете!..

— Если хотелось излиться, значит — нужно было. Не нервы же мои вы будете щадить!.. А вот видите, это меня поразило, даже как-то обновило; вы мне расскажите, не теперь, а позднее, когда перестанете деликатничать, чрез какие испытания вы прошли? Я, право, не от скуки это говорю. Уж я вам сказала, что мне такого человека, как вы, нужно...

— Для души спасенья? — перебил Лука Иванович.

— Ну да, для души спасенья... Мне даже ваш возглас очень понравился... насчет поденщины. Это — не то, чтобы вы были вялый, кислый, совсем разбитый человек, знаете, какие вон в старых повестях. Нет, вам просто противно сделалось, вы возмущены, вы, может, и в посыльные способны пойти. Я это понимаю, это мне нравится. Когда работаешь десять лет и ничего не добьешься, кроме зависимости... тратишь свой талант на то, чтобы кусочек хлеба иметь, лучше же на это одни руки употреблять или просто сидеть где-нибудь в конторе от десяти до трех.

Щеки ее разгорелись, яркими точками блистали глаза, даже грудь заметно взволновалась; Лука Иванович не мог не взглянуть на нее, так ее голос показался ему тепел, а ее лицо заставило его с нескрываемым волнением податься немного вперед.

— Ваша кузина права, — выговорил он почти радостно, — у вас прекрасная натура!

— Это оттого-то, что я поняла самую простую вещь?.. Нет, уж вы меня, пожалуйста, не балуйте: я ведь вас собираюсь в свои наставники взять.

— Как князь Оглы?

— Полноте, — тихо и искренно остановила она, — я с вами ведь не играю и не дурачусь, — для этого с меня довольно и маскарадов. Идите в мои наставники... в духовные наставники...

— Увольте, Юлия Федоровна.

— Проповедей не нужно, никаких уроков — также. Выйдет что-нибудь — хорошо, не выйдет — не ваша вина!.. Но, разумеется, все это в минуты отдыха, когда вы совсем устроитесь... по-новому.

— Пожалуй, слишком долго придется вам ждать.

— Подожду!

Она протянула руку Луке Ивановичу веселым, дружеским жестом. Он пожал ее довольно крепко.

— Да, — почти вскричал он, — никаких уговоров не будемте делать!

Ему еще что-то хотелось сказать; но он боялся самого себя или воздуха этого салона.

— Куда же вы?

— Да вы посмотрите на часы: ведь пора вам и на Невский...

— Ах, да, на Невский!.. Ну, так до свидания! — согласилась она тотчас же и встала вместе с ним.— Вы зайдете к Елене?

— Зайду.

— Скажите ей, что все ее капельки яда — бесцельны. Я и без нее нашла себе наставника.

Они еще раз вместе рассмеялись.

Из столовой Лука Иванович попал в коридор и, по указанию горничной, постучался к Елене Ильинишне. Он застал ее за ломберным столом, служившим ей вместо письменного, около зеленой занавески, за которой помещалась, вероятно, ее постель.

— Я вижу, — полушепотом заговорила она, довольно порывисто вскакивая из-за стола, — по лицу вашему вижу, что действие уже началось.

— Какое? — беспечно спросил он.

- — Продолжайте, продолжайте! я вас в опасную минуту остерегу.

— А!.. вы все про то же... Что ж!.. это будет хорошее дело.

Елена Ильинишна хотела было переменить разговор и усадить гостя; но он, не присаживаясь, распрощался с ней.

— Даже минутку не хотели посидеть, — упрекнула она его.

— Мешать не хочу... творчеству! — уже на пороге крикнул Лука Иванович и развязно вышел в коридор.

— Полноте! — со вздохом донеслось до его ушей.

XXII

Ровно через неделю, поздно ночью, к воротам дома, где жил Лука Иванович, подъехали сани без козел, в виде какой-то корзины с широким щитом, запряженные парой круглых маленьких лошадок. Фыркая и шумя погремушками, еле остановились лошадки на тугих вожжах. Ими правила женская фигура в меховой шапочке и опушенном бархатном тулупчике.

— Все руки мне оттянули! — вскричала наездница. Это была Юлия Федоровна Патера.

— Вы — молодцом! — откликнулся мужчина, вылезая из саней.

— Только, пожалуйста, Лука Иванович, не ворчите на меня за то, что я вас доставила домой так поздно.

— Да разве уж очень поздно? Я не считал часов...

— Ах, Боже мой!.. Вы, кажется, пускаетесь в любезности?

— Нет, ей-богу... я так...

— Ну, да вам не перед кем дрожать!.. ведь вы — холостой? Я у вас до сих пор об этом не спрашивала.

— Я — холостой, — довольно твердо выговорил Лука Иванович, запахиваясь в шубу от начинавшейся метели. — Прощайте, Юлия Федоровна, вьюга сейчас поднимется.

— Ничего!.. завтра я вас увижу, да?..

Она хлопнула бичом, лошадки тронулись, круто повернули сани и покатились, точно два кубаря, под задорную болтовню бубенчиков.

Дворника не случилось у ворот. Лука Иванович позвонил и стал спиной к воротам, глядя сквозь жидкую метель на удаляющееся пятно саней с темной фигурой наездницы. Щеки его пощипывал легкий мороз, в ушах раздавался все тот же топот лошадок, точно он еще едет к Нарвской заставе из ресторана, куда он никогда еще не попадал, особливо с подобной спутницей. Да, надо было правду сказать: никогда он так не жил, ни одной недели, ни одного дня, ни одной ночи, как вот сейчас в течение нескольких часов. Устроилось это катанье неожиданно и весело, и как-то приятно-жутко от новизны удовольствия было всю дорогу, и так легко говорилось, и так верилось...

Чему же верилось-то?

А тому, что можно живое существо, молодое, прекрасное, полное страсти, бойкости, отваги, вырвать из той "мертвечины", о которой почти с содроганием говорила недавно Елена Ильинишна, и возвратить ее настоящей жизни.

Какой?

На это он не находил еще прямого ответа; но он верил, что оно возможно, — и ему в эту минуту ничего больше не надо было... Он отвечал за нее, она была его человек. Без всяких личных видов говорил он это; не искал он себялюбивого счастья с ней, не мечтал даже о наслаждениях, о сильном чувстве избранной женщины — нет!..

Так, по крайней мере, казалось ему.

За воротами застучали ключи дворника.

Лука Иванович сунул дворнику двугривенный, чего никогда с ним не случалось, и скоро-скоро начал подниматься к себе.

Ему отперли тотчас же: он не дожидался и двух минут. Вместо Татьяны — со свечой в руке стояла на пороге Анна Каранатовна. Лицо у ней было не сонное, а скорее жесткое, с неподвижными глазами. Луке Ивановичу не приводилось видеть у ней такого выражения. Он тотчас отвел от нее взгляд, да и вообще ему не особенно понравилось то, что Анна Каранатовна могла засвидетельствовать его очень позднее возвращение.

— Ты еще не ложилась? — мимоходом выговорил он, снимая шубку и боты.

— Нет еще, — коротко и с дрожью ответила она.

— Покойной ночи, — кинул он еще небрежнее, проходя в свою комнату. Немало удивился Лука Иванович, когда услыхал за собою шаги Анны Каранатовны: она шла за ним же.

— У меня есть спички, не трудитесь, — не оборачиваясь, выговорил Лука Иванович.

Но Анна Каранатовна точно не слышала, что он сказал; вошла в комнату, поставила на стол свечу и тотчас же довольно тяжело опустилась на стул.

Тут Лука Иванович пристальнее вгляделся в нее: губы ее оттопырились, глаза покраснели, грудь колыхалась.

Он притих и ждал...

— Пустите меня, — резко воскликнула она и даже сложила руки просительным жестом. — Пустите, — продолжала она слезливо и нервно, — что вам во мне?..

Слова туго выходили у ней из горла, спертого спазмом.

Лука Иванович подошел к ней поближе и пугливо-удивленными глазами оглядел ее всю.

— Ты у меня просишься?.. — тихо спросил он, наклоняясь над ней.

— И никогда-то я вам мила не была, — заговорила Анна Каранатовна, как бы с трудом припоминая слова, — а теперь вон у вас душенька завелась...

— Что такое?! — точно ужаленный, перебил Лука Иванович.

— Нешто я знаю?!.. Барыня у вас какая-то... сегодня мне сказывали, за вами приезжала, дворника присылала... Не станет же по ночам ездить с человеком так, зря... да еще сама править, и лошади свои...

"Неужели и она ревнует?" — подумал Лука Иванович, еще не понимая, куда все это ведет.

— Мне что! — все слезливее и покорнее говорила Анна Каранатовна. — Я вам не жена, я и в душеньках ваших никогда не бывала. Вы... нешто меня любили когда?.. Жалость ко мне имели, да и не ко мне, а к девчонке моей, вот к кому... Ну, и стали со мной жить... больше из-за нее, я так понимаю... А теперь вон у вас есть барыня... лошадей своих имеет... К чему же мне срам принимать? зачем я вам? Обуза одна, квартиру надо хозяйскую, расходы, а вы перебиваетесь... и самому-то легко ли прокормиться...

— Полно, полно! — начал было Лука Иванович.

— Батюшка, Лука Иванович, отпустите меня Христа ради! мне этакая жизнь опостылела!..

Она рухнулась на колена, зарыдала и схватила его за руки. Лука Иванович совсем оторопел и опустился на кресло, поддерживая ее за плечи.

— Аннушка, что ты?.. разве я тебя силой держу?.. К чему ты так?..

— Пустите, пустите! — повторяла она, всхлипывая и пряча голову в его коленах.

"Еще этого недоставало, — с горечью подумал он, — неужели в ней заговорила страсть?"

— Ну, успокойся же, — вымолвил он мягко и степенно, — говори мне все, что у тебя на сердце *легло*: я недаром — твой приятель.

Голова Анны Каранатовны тяжело приподнялась. Слезы все еще текли, но рыдания уже смолкли. Она оставалась на коленах.

— Что мне вам рассказывать? вы видите сами, *Лука Иваныч*. Лгать я вам не хочу: я ведь не из ревности; с вами я так жила, потому что человек вы добрый, а больше ничего у меня не было. Теперь степенный человек меня любит, жениться на мне хочет... слово я скажи. Вам я в тягость... к чему же мне один срам на себя брать, скажите на милость? Я и прошу вас Христом Богом...

— Понимаю тебя, — остановил ее Лука Иванович, — ты хочешь сказать, что между нами настоящей любви нет. Что ж, это правда!.. За кого же замуж сбираешься?

— Мартыныч и спит, и видит...

— Ты ему веришь?..

— Я его насквозь вижу.

Анна Каранатовна уже настолько успокоилась, что села на стул и сложила руки на груди.

— А будет чем жить?

Вопрос Луки Ивановича заставил ее оживленно воскликнуть:

— Еще бы! Он — основательный человек. Я за ним, как у Христа за пазухой буду!

Лука Иванович задумался. Ему крепко жаль стало Настеньку. Анна Каранатовна тотчас же догадалась, почему он смолк и опустил голову.

— Вы не сумневайтесь насчет Настеньки. Тошно вам с ней прощаться... Так ведь я вам запретить не могу, Лука Иваныч: вы ей — второй отец; отпускать к вам буду, и насчет учения, как вы скажете... Ведь она не ваша... Вы только из жалости к ней привыкли. А Иван Мартыныч ей заместо родного отца будет, клянусь вам Богом. Вы позвольте, он вам обо всем доложит...

— К чему это! — поморщился Лука Иванович.

— Нет уж позвольте, не обижайте человека. Он меня желает совсем успокоить, на всю жизнь... Кто нынче на законный брак пойдет, Лука Иваныч? И посулить-то никто не посулит, сами знаете.

— Ну, хорошо, — с усилием выговорил Лука Иванович, — завтра мы еще поговорим.

— Да вы, Христа ради! — с новыми слезами вскричала Анна Каранатовна.

— Ты свободна, Аннушка, — внушительно возразил он, — хоть завтра прощайся со мной. Я на тебя не сержусь. Я рад за тебя, верь мне. И дочь ты вольна брать... Только теперь успокойся... Знаешь: утро вечера мудренее.

Он заботливо поднял ее со стула и гладил по голове.

— Теперь спать пора, — с улыбкой добавил он, — четвертый час.

— Не обидьте меня, Лука Иваныч! — чуть слышно вымолвила Анна Каранатовна, схватила вдруг его свободную руку и поцеловала.

— Что ты, что ты!.. — вырвалось у него тронутым звуком.

Сдерживая свое волнение, проводил он ее до коридора. Забылся он только на рассвете.

XXIII

"Вот как это все случилось!" Таково было первое восклицание Луки Ивановича, когда он раскрыл глаза.

И он должен был сознаться, что так будет лучше. Настеньки он не мог же отнимать у матери, а оставить при себе... где было ручательство, что он обеспечит ей и добрый уход, и довольство? Ему хотелось верить перемене своего положения.— Сбудутся его мечты, прочно усядется он на каком-нибудь крупном заработке — тем лучше!.. Всегда будет у него возможность дать средства на солидное образование Настеньки. Да полно, хорошо ли еще превращать ее в барышню, хотя бы и "педагогичку", хотя бы и с испанским языком?..

Очень успокоился Лука Иванович к часу утреннего кофе. Он почти весело отправился в комнату Анны Каранатовны. Первый взгляд, брошенный на нее, показал ему, что она чувствует. И ее лицо, и прическа, и платье, надетое с утра для выхода, — все говорило, что она находится в возбужденно-выжидательном, как бы торжественном состоянии.

Вместо всяких приветствий он поцеловал ее в лоб и сел тотчас же к столу, где был уже приготовлен кофе, особенно чисто и вкусно.

— Хорош ли кофей? — тихо спросила Анна Каранатовна, все еще пытливо вглядываясь в него.

— Прекрасный! — одобрил Лука Иванович и, закуривая сигару, прибавил. — Ты, кажется, все смущаешься насчет меня?

— Кто вас знает, — чуть слышно выговорила она и поглядела на дверь в комнатку Настеньки.

— Я за тебя рад, — спокойно продолжал Лука Иванович, — делай как тебе лучше... и когда хочешь.

Слова его звучали так просто и убедительно, что она резко покраснела и нагнулась к нему, точно за тем, чтобы поцеловать его руку, но Лука Иванович предупредил это движение.

— Налей мне еще полстакана покрепче, — совсем уже весело сказал он, — а я пойду поглядеть, что Настенька.

— Небось играет с своей графиней; совсем одевшись она, — живо откликнулась Анна Каранатовна и взялась руками за кофейник.

Настенька сидела на полу, на коврике, рядом с своей постелькой, и усаживала на игрушечный диванчик белокурую, широколицую куклу, — "гьяфиню", как она прозвала ее.

Никак не могла она так перегнуть ее пополам, чтобы "графиня" держалась хорошенько на диване, в сидячем положении. Но девочка была еще флегматичнее матери, и с серьезным личиком, даже закусив губки, продолжала усаживать куклу.

Скрип двери заставил ее обернуться и поднять голову.

— Юка! — радостно крикнула она и потянулась к нему с полу, не совсем твердо выправляя свои кривые ножки.

Луку Ивановича схватило за сердце. Ему сделалось гораздо горче, чем он ожидал, от мысли, что, быть может, завтра этой кривоногой девочки не будет здесь. А давно ли он ее призрел еще грудную, красную, болезненную, с коклюшем, нанимал кормилицу, когда мать заболела, давал денег на пеленки, на кофточки, на баветки, часто сам водил ее на помочах и заставлял ее повторять те слова, какие уже давались ее шепелявому детскому языку.

— Как графиня поживает? — спросил он, беря ее на руки и целуя.

— Чиво, — ответила Настенька и презабавно прищурила глазки.

— А хочешь, я подарю другую графиню?

— Кавалея... — пролепетала Настенька.

— Кого, кавалера? — повторил Лука Иванович.

— Да, гусая.

— Хорошо, и гусара получишь!

Он опустил ее опять на ковер и заботливо оглядел ее: кашель ее давно уже прошел, она за последние дни пополнела; платьице сидело на ней ловко, панталончики были чистые и хорошо выглаженные.

"Что же? — с тихой грустью подумал он. — Мать сумеет выходить ее; я слишком бывал придирчив, говоря Аннушке, что она — дурная мать, а вон ведь ребенок как старательно вымыт, причесан, одет. Выйдет Аннушка замуж, успокоится, станет ей и Настенька дороже; теперь этот ребенок — живая память ее стыда... потому она и суха с ней".

Голова его опустилась, а руки ласкали Настеньку. Девочка смолкла и, раздвинув внимательно глаза, глядела на своего друга.

"Не стану же я с ней прощаться!" — выговорил про себя Лука Иванович и крикнул Настеньке:

— Гусар тебе будет, только ты ему голову не обрывай.

— Нэ-э! — протянула удивленно Настенька и снова принялась усаживать куклу.

Не успел Лука Иванович, выпив свой полстакана кофе,

перейти от Анны Каранатовны к себе, как в кабинет тихо вошел Мартыныч.

"По предварительному уговору", — подумал Лука Иванович, не отходя от стола. Лицо его осталось спокойным и добродушным, но ему не очень приятно было это, как он думал, бесполезное объяснение с писарем.

— Здравия желаю, — сказал тихеньким голосом Мартыныч.

Он был заметно бледен.

— Вы с работой? — деловым тоном осведомился Лука Иванович.

В руках Мартыныча действительно был свиток.

— Так точно-с: еще пять листиков покончил вчерашнего числа.

— Хорошо, — ответил Лука Иванович, взял свиток и положил его на стол.

Мартыныч переминался. Видно было, что он не уйдет, не объявив чего-то; приблизительно зная, что это будет, Лука Иванович захотел предупредить его.

— Вы от Анны Каранатовны? — начал он и, сам того не ожидая, покраснел и смутился.

Смущение Мартыныча было еще сильнее. Лука Иванович не договорил и глядел на него, усиленно улыбаясь, с трудом подавляя свое волнение.

Мартыныч сделал три шага к столу, раскрыл рот, хотел что-то сказать и сразу, точно у него подшиб кто ноги, хлопнулся на колена и сложил руки на груди.

Этого Лука Иванович уже никак не ожидал.

— Что это вы! — закричал он почти с ужасом и бросился поднимать писаря.

— Окажите великодушие! — воскликнул Мартыныч со слезами в голосе и ударил себя в грудь.— Вы благородной души человек, и столько я вас уважаю, Лука Иваныч!.. Ведь я перед вами — на ладони! Анна Каранатовна говорила вам про свое согласие... Не извольте гневаться: все это по душе сделалось, никакой продерзости я и в мыслях не имел.

Целый поток слов полился из губ Мартыныча, продолжавшего все стоять на коленах. Насилу удалось Луке Иванычу поднять его.

— Садитесь, Мартыныч, садитесь, — усаживал он его на стул.

— Смею ли я? — замахал тот руками, красный, с влажным лбом и разъехавшимися кудерьками.

Но он все-таки сел. Так просидели они, один против другого, молча, несколько секунд. Мартыныч вынул клетчатый платок, отер им лицо, глубоко вздохнул и еще раз просительно выговорил:

— Не извольте гневаться.

— Да за что же! — успокаивал его Лука Иванович. — Полноте вы, придите в себя, скажите мне: что у вас на сердце, коли вы меня действительно уважаете...

— Всей утробой, Лука Иваныч! — вскричал Мартыныч и тряхнул кудрями.

— Тем и лучше. Я все знаю; Анна Каранатовна переговорила со мною. Она вольна хоть сегодня выехать; я не помеха. Вы ей нравитесь, она вас считает солидным человеком... Наверное, вы не зря на ней женитесь...

— Позвольте вам доложить, — стремительно схватил нить речи Мартыныч, — что я бы и помышлять не осмелился, если б не мог себя оправить. У начальства я на хорошем счету, позволение мне сию минуту дадут-с. Теперешнее жалованье... невесть какое, это действительно... между прочим, работы имею на стороне достаточно, квартира казенная... А главный расчет, что к Святой обещал мне генерал факторское место. Я, вы изволите, быть может, знать, к типографской части всегда склонность имел.

— Все это прекрасно! — отозвался Лука Иванович, и ему показалось, что он, точно "благородный отец", выслушивает предложение будущего зятя.

— Не извольте сумневаться, — продолжал все так же порывисто Мартыныч, — насчет дитяти... Мне довольно известно, какую вы к ней жалость имеете. Как вам будет угодно, так ее поведем дальше, когда она, по мере лет, в возраст начнет приходить. Лука Иванович! Я очень понимаю вашу благородную душу... Позвольте мне так сказать! С Анной Каранатовной вы на братском больше положении изволили жить... Поэтому-то я и осмелился... А опять же девица она достойная... и в задумчивость приходит, не видя перед собою...

Он не кончил и отвел голову. Луке Ивановичу стало опять очень совестно. Он встал и протянул руку Мартынычу.

— Вижу, вы хороший человек, — выговорил он. — Когда у вас все уладится, я буду рад за Аннушку.

Мартыныч вскочил и рванулся поцеловать его не то в плечико, не то в ручку. Лука Иванович уклонился и отошел к окну. Ему тяжело сделалось расспрашивать еще. Мартыныч как будто понял это и, обратным ходом на каблуках, отодвинулся к двери.

— Простите великодушно! — воскликнул он вполголоса и скрылся.

Лука Иванович слышал, как в коридоре раздался шепот Анны Каранатовны и потом все смолкло. Если б его не сдерживало особое чувство стыда, он пошел бы к Анне Каранатовне сейчас же еще раз сказать ей: "Аннушка, тебе хочется поскорей съехать от меня; пожалуйста, не стесняйся, тебе нечего меня щадить..."

XXIV

Между Анной Каранатовной и Мартынычем дело было уже настолько слажено, что, как только получилось "согласие" Луки Ивановича, жених и невеста пожелали ускорить свою свободу. Место выходило Мартынычу только на Святой, но Анна Каранатовна стала тотчас же переезжать на квартиру, нанятую Мартынычем где-то на Мало-Охтенском проспекте, временно, в ожидании устройства на "факторской" квартире.

Луки Ивановича по целым дням не бывало дома, и перевоз движимости совершался не на его глазах. Перевозить было бы почти что нечего у самой Анны Каранатовны: все ее добро состояло в своем и детском платье и белье; но Лука Иванович в первый же день настоял на том, чтоб она взяла с собой всю мебель из ее спальни и Настенькиной комнаты. Сразу она на это не согласилась. Даже Татьяна, редко слушавшая разговоры господ, внутренно возмутилась и, подавая Луке Ивановичу кофе, сказала:

— И как это барышня перед вами ломается... даже и удивительно.

Татьяне вообще весь этот неожиданный поворот не понравился. Анну Каранатовну она скорее недолюбливала и не очень бы огорчилась, если б на ее месте очутилась другая. Но ей не хотелось сходить; покладливый, тихий характер "барина" приходился ей очень по нутру: она сознавала, что всякий другой, походя, давал бы ей окрики за лень, сонливость и неопрятность; но она не знала, оставит ли он ее при себе?

Накануне дня, когда была вывезена вся мебель из двух комнат "Гинецея" (так называл Лука Иванович отделение Анны Каранатовны), Татьяна тайно проникла к барину и стала у притолоки, уперев в него глаза.

Шмыгнувши носом, она спросила несколько мрачно:

— Расчет, что ли, прикажете получить?..

— Это почему? — весело откликнулся Лука Иванович.

— Да вот, так как барышня съезжает и дите тоже... я думала, и вы...

— Нет, я остаюсь, да и тебе незачем торопиться.

— Я всей душой, Лука Иванович; вы — мой барин, а потому, как вы остаетесь теперь сиротинкой...

— Вот поэтому-то и оставайся у меня.

Он не был совершенно уверен в том, получила ли Татьяна жалованье за истекший месяц, но спросить ее не решился: у него в кармане лежало всего два рубля. Накануне он опять должен был потревожить Проскудина (ресурс генерала Крафта исчез), чтобы предложить что-нибудь Аннушке "на переезд", от чего она опять-таки отказывалась, но кончила тем, что взяла. Ему, если б он и хотел, не с чем было переехать; хорошо еще, что прижимистый хозяин дома требовал всегда квартирную плату за три месяца вперед. Вот ему и приходилось доживать этот срок... Нельзя же было остаться без Татьяны.

Расставание с Анной Каранатовной и Настенькой обошлось гораздо спокойнее, чем, быть может, думал сам Лука Иванович. Правда, девочка сильно расплакалась; но успокоивая ее, Лука Иванович отдавался такому чувству, точно будто он отпускает этого умненького и милого ребенка куда-то на побывку и непременно опять увидит его у себя, в той же комнатке, на полу, около той же кроватки. Мартыныч, переносивший Настеньку на руках в сани, и на прощанье порывался приложиться к плечу Луки Ивановича. Поведение Анны Каранатовны казалось сурово-сконфуженным, с оттенком особого рода гордости, которая прокрадывалась во взглядах, обращенных то на Мартыныча, то на Татьяну... Но в последнюю минуту, когда надо было проститься с Лукой Ивановичем, она отправила Мартыныча с Настенькой вперед и отослала за ними же Татьяну с каким-то узлом.

— Не поминайте лихом, — выговорила она с поникшей головой и обняла Луку Ивановича, стоявшего в своем халатике посреди совершенно пустой и уже засвежевшей комнаты.

С минуту она тихо плакала.

— Вы зайдите когда...— прошептала она, — поглядеть на любимицу свою?..

— Еще бы! — вскричал ободрительно Лука Иванович и коснулся губами ее лба.

Она быстро вышла в коридор, — и через пять секунд Лука Иванович остался один в своей неприглядной "полухолостой" квартире, теперь превратившейся в настоящую холостую. Вернувшаяся Татьяна осведомилась насчет провизии на обед; но Лука Иванович сказал ей, что обедать он дома сегодня не будет, да и на ужин чтобы она не трудилась готовить.

Он сейчас же ушел из дому, заметив только Татьяне, что пустые комнаты надо протапливать полегоньку.

— Небели купите? — спросила одобрительно Татьяна.

— Не сейчас, позднее...

И он, в самом деле, мечтал о том, что можно будет ему и в холостом виде оставаться на той же квартире, как только получится место. Проскудин в последний раз крепко обнадежил его, наказав в виде поручения:

— Вы сами сидите, как крот в норе своей, до той минуты, когда я вас извещу: куда и к какой особе отъявиться. Коли будет экстренная надобность, то пущу вам депешу, и вы с точностью Брегета — являйтесь; слышите, государь мой?

Все это Лука Иванович старался хорошенько запомнить и, мечтая о том, как он отделает две пустые комнаты, усиленно думал о Проскудине, его практичности и готовности порадеть за приятеля. Тогда можно будет кабинет перенести в бывшую спальню Анны Каранатовны, кровать поставить в Настенькину комнату, а теперешний кабинетишко превратить в столовую. Двух месяцев на прочном месте достаточно, чтобы иметь широкий кредит на Апраксином.

Но на другой же день, по привычке, вошел он в комнату Анны Каранатовны, и вид пустых, полинялых стен, с пятнами от мебели, навел на него невыносимую тоску: точно будто он похоронил покойника и пришел в его холодный и пустой склеп. Заглянул он в такую же ободранную комнату Настеньки. Она чуть не довела его до слез. Тут он действительно почувствовал, какая неугасимая потребность в нежности теплилась в нем под его петербургской оболочкой. А на кого изливать ее? Не на Татьяну же!.. Без Настеньки он еще язвительнее почувствовал то надсадное холостое чувство, которое, собственно, и привело его к сожительству с брошенной матерью Настеньки. Не мог он ни с кем и поделиться своей потерей. Мужчины, даже самые лучшие, или циничны, или черствы, или слишком заняты собой. А новая "воспитанница" Луки Ивановича стояла особо. Не мог же он начинать с нею такою исповедью!.. Почему не мог? Таково было его чувство. Он ставил эту "воспитанницу" если не выше своего житья-бытья, то в стороне, в более изящной перспективе. Да и не знал он, раздумывая о том, что слышал от Елены Ильинишны: полно, можно ли найти в ней отголосок таким потребностям. И как ей было удовлетворить их? Ведь она сама не заменила бы ему Настеньки... В ней было нечто совсем иное; а это "нечто", быть может, и позволит Луке Ивановичу стряхнуть с себя тоску и не засиживаться в пустом "логовище". Его влекла та квартира, где его обещали ждать, как друга, где начиналась уже жизнь, которую он тесно связывал в своем воображении с новой своей житейской долей, с достатком, со свободой и отрадой умственного труда.

XXV

"Как мало ушло, в сущности, времени, — думал Лука Иванович, сидя в убогих извозчичьих санишках, — а как долго оно длилось; ведь вздор-то какой говорят и пишут, что когда хорошо живется — дни летят быстрее молнии! Совсем-то напротив: прошло каких-нибудь десять дней, но они были наполнены — вот и кажется, что жил больше месяца".

Эти десять дней считал он с того дня, как остался один после переселения Анны Каранатовны. Редкий день не видался он со своей "воспитанницей": то до обеда завернет, то ранним вечером, то поздним... Он точно будто уже целые годы знаком с нею. Каждое свидание, каждый разговор приносили все новые ощущения "наставнику". В даровитости и блеске натуры он сразу убедился. Вопросы жизни эта женщина умела ставить хорошо, просто, смело, с беспощадной правдой. Но самая ее личность ускользала от него незаметно и упорно. Придет он с целым рядом вопросных пунктиков, иной раз даже запишет их на бумажку, хочет к ним подобраться — а беседа потечет совсем по другому руслу. Юлия Федоровна искренно слушает его, говорит так ярко и ново для него, не затрудняется никакими щекотливыми оборотами разговора, и все-таки он не может ее схватить и поставить лицом к лицу с главным вопросом: хочет она жить по своим лучшим упованиям или будет отдаваться все той же масляничной сумятице, без цели, без влечения, без поэзии, даже без загула?..

А он видел, что сумятица продолжается; да и она не скрывала ее. Только она не могла останавливаться на этой теме, а проповедей Лука Иванович сам усиленно избегал. Ни разу он не взял фальшивой ноты увещания "ни с того ни с сего". И про себя ему не пришлось говорить с полной сердечностью: слишком он переполнен был своей воспитанницей. Даже ничего житейского толком не знал еще он про Юлию Федоровну. Ее рассказы были скорее отрывочные куски воспоминаний или, лучше, суждений, взглядов, веселых или довольно едких выходок против самой себя... Соображал он только, что она была замужняя женщина, а может быть, и вдова, что ей знакомы и материнские чувства, что когда-то она была тихенькой и по-барски строго сдержанной "дамочкой" и, проехавшись по Европе, ничего в ней, кроме модных фасонов и хороших манер, не приметила. Были ли у нее семья, обязанности, горе, страхи, надежды — он решительно не знал и чувствовал, что необычайно трудно ему навести ее на такие беседы, хотя она ничего не бегает и ни от чего не уклоняется. Одно было ясно, что живет она независимо, на свои средства, без всякой заботы о том, на что и сколько ей еще так жить, проживает много, вероятно, втрое больше, чем казалось ему, хотя домашняя ее обстановка не отзывалась вовсе очень большими расходами.

Так точно и в деле "интересов" и "серьезных стремлений", ни на какой зарубке поглубже она с ним еще не остановилась. Женские идеи она всегда весело и забавно связывала с "делом" своей кузины, девицы Гущевой; жалела она ее, "бедняжку", без всякой злобности, уморительно рассказывала, как та корпит над своими рукописями; намекала на то, что ей делали разные предложения со стороны — войти то в то, то в другое, устраивать с другими женщинами "разные разности". Намекала, но ни разу ничего не коснулась ближе. Наконец, поиски "человека", какого ей нужно, принимали в ее рассказах тоже характер каких-то забавных картинок. Раз начала она рассказывать, как прежде, года с два тому назад, хотела собрать к себе в гостиную "избранный" кружок мужчин, хлопотала об "умных людях", но не хотела лишать себя и военных, и как этот кружок разделился тотчас же на два враждебных стана: штатские, особливо с талантиком, стали придираться к военным и говорить им колкости, военные отмалчивались и потом выговаривали ей на утренних визитах. И так живо представила все в лицах, что

Лука Иванович просмеялся целый вечер без умолку.

И точно боясь, чтобы он не перебил ее и не поставил перед ней рокового вопроса о "души спасеньи", она последнюю их беседу кончила тем, что проговорила ему с тихой улыбкой, полузакрыв глаза:

— Вы знаете, хороший мой Лука Иваныч, все, что я вам болтала... это там, позади. Я вам сдаю в архив мои старые грехи. Без этого нельзя, надо все бумажки очистить — ведь так, кажется, говорят в канцеляриях?

Он и верил, подъезжая на другой день поздним вечером к Сергиевской, что "все прежнее сдано в архив", что "очистка" прошлого уже кончилась. Ни разу не приметил он какой-нибудь подкладки под ее живыми и правдивыми речами, от которой ему сделалось бы жутко. А что в нем самом назрело за эти десять дней, он лишней минуты не имел, чтобы заглянуть туда, разобрать это... да и не хотелось ему ничего разбирать. Он продолжал только связывать с своим новым "устройством" то "нечто", которое начнется после "сдачи старого в архив". . . . . . .

— Юлия Федоровна просила вас подождать, — доложила горничная Луке Ивановичу, как своему человеку.— Они непременно будут к десяти часам.

— Хорошо, — спокойно отозвался он и, увидав, что на вешалке чернеет мужское пальто, спросил: — А у вас кто-нибудь есть?

— Есть-с, господин Пахоменко... вы изволите их знать... они тоже дожидаются...

Обо всем этом горничная докладывала, как о самой обыкновенной вещи в обиходе Юлии Федоровны.

— Барышни, — продолжала она, — тоже нет, они в театре.

— Елены Ильинишны? — пояснил Лука Иванович.

Он был так хорошо настроен, что и беседа с Еленой Ильинишной не смущала его. Она совсем стушевалась за эти десять дней, появлялась на три-четыре минуты, точно строго исполняя свой уговор.

Скульптора Пахоменка он, после первого знакомства с ним, видел мельком во время утреннего визита. Ему его ленивая фигура нравилась. Он не искал уединенного свидания в этот вечер. Пахоменка не счел он скучной помехой; а на то, что Юлия Федоровна просила посидеть и подождать ее после 10 часов, посмотрел как на самую простую вещь.

"Отгуливает свою масляницу", — подумал он и с улыбкой вошел в салон.

В нем стоял полусвет от лампы с абажуром. В яркий круг, лежавший на столе, вошла голова гостя, упершего ее в ладонь правой руки; ногти левой он усиленно грыз и сосредоточенно смотрел на одно из окон, выходивших на улицу.

В глаза Луке Ивановичу бросилась особенная тревога этого молодого, природно-апатичного лица: так могли глядеть глаза только у человека, охваченного едким и сильным душевным движением.

Он так был поглощен, что не слыхал шагов Луки Ивановича. Тот должен был его окликнуть.

Художник вскинул голову, тотчас же встал и почти радостно протянул руку.

XXVI

Лука Иванович не мог себе объяснить тут же, почему этот посетитель салона Юлии Федоровны почувствовал такое облегчение от его прихода.

— Вот кстати!.. — живее обыкновенного выговорил Пахоменко и так пожал руку Луке Ивановичу, как у нас жмут ее только товарищи.

Тотчас же он перешел от стола к окну, за трельяж, и сел подле часов на маленькой козетке. Лука Иванович последовал за ним и уместился покойно на кушетке, занимавшей другой угол, против дверей в кабинетик Юлии Федоровны.

— Давно ждете? — спросил его Лука Иванович тоном добродушного просителя, разделяющего со знакомым скуку ждания в "приемной".

— Я с восьми, — с странной улыбкой вымолвил Пахоменко.— Наша барыня... раньше полуночи вряд ли вернется.

Выражение "наша барыня" почти укололо Луку Ивановича; но он сообразил, что тон говорившего нисколько не отзывался тривиальностью. Что-то совсем иное слышалось в грудных нотах малоросса.

— Вы полагаете? — спросил он так, без всякого мотива.

Пахоменко опять пересел ближе к нему на кресло и, не отрывая глаз от окна, сначала минут с пять молчал, а потом заговорил с ним, как человек, давно дожидавшийся очереди говорить, самыми задушевными приятельскими звуками, так что Лука Иванович весь подался к нему и стал слушать с теплой искренностью.

— Вы думаете, она где?..— тихо и не шепотом, а гулом говорил Пахоменко. — Она теперь с этими меднолобыми. Катанье на тройках... обедали компанией... ну, с шампанским... крюшоны... ананасы разные... идиотские анекдоты... скотство, душу выворачивающее!.. Вы ее не знаете, человек вы новый, литератор, умница, видали, чай, не мало таких женщин на своем веку? вам с ней не детей крестить; но я уверен (и он придавил рукой грудь), убежден глубоко, что и вы возмутитесь... жалость, унижение, позор, безобразие!..

Чуть не рыдание задрожало в последних глухих возгласах.

— И куда она придет, куда?.. Страшно и выговорить... Себя при этом морочит... думает, что вся эта... сволочь... смотрит на нее, как на божество. Как бы не так!.. Говорит она: вы думаете, Пахоменко, я кому-нибудь позволю что-нибудь? Ни-ни!.. "Вот отсюда, из маскарада, с первым попавшимся гусаром поеду ужинать... И только!.. И с носом он останется!.." Ну, хорошо, верю я, да они-то, эти белофуражники, на нее смотрят, как на...

да вы сами можете видеть как... Перестал я и в маскарадах бывать... выносить не могу... боюсь кого-нибудь за горло схватить... за нахальные сальности... а она только хохочет... да в столовой с ними шампанское пьет...

Речь его оборвалась, у него не хватило воздуху.

"Вот оно что!" — выговорил про себя Лука Иванович. В нем самом вдруг точно задрожала струна; слова малоросса захватили его всего неожиданно и разбудили целый рой не испытанных еще им тревожных предчувствий.

— Вы что на меня так смотрите? — вскричал уже громче Пахоменко. — Нужды нет, что я вас здесь счетом два раза видел. Я понял, кто вы... Только вы еще не знаете ее; а вам ее жаль, я это тоже понял... Послушайте, — он схватил Луку Ивановича за руку: — не смейтесь надо мной, Христа ради, я — не идиот, я только вынести этого не могу!.. Мной она, вы сами видели, как гимназистиком помыкает. Пробовал я, умолял ее, кровавыми слезами плакал... А она обиделась, надулась: "я, говорит, нотаций слушать ни от кого не желаю, а еще менее от...", — чуть не сказала — от такого мальчишки, как вы... И не принимала... Я как шальной ходил... стал вымаливать прощение в письмах... А теперь — мочи моей нет!..

Он ужасно страдал: голову он откинул назад, глаза устремил на одну точку и, продолжая кидать слова отрывисто и глухо, говорил скорее с самим собою. Щеки у него впали, губы ежесекундно вздрагивали.

— Гогочут там, орут гадости всякие... и она с ними по целым ночам! срам какой!.. Господи!..

Он закрыл лицо руками, грудь его заколыхалась. Он уперся головой в стену и беззвучно бился... Лука Иванович подбежал к нему.

— На вас молиться буду! — вскричал Пахоменко, схватывая его за обе руки. Он с трудом, но овладел натиском душевной горечи. — Вас она высоко ставит; покажите ей, как она себя губит... добро бы любя!.. Я ведь не ревную... Она никого не любит, а гадко, гадко!..

И слово "гадко", с гортанным "г", он еще раз повторил, выразив губами глубокое омерзение.

Это было его последнее слово; он весь согнулся, опустил безжизненно руки и замолчал упорно, так упорно, что Лука Иванович и не взвиделся, как между ними легла какая-то внутренняя перегородка.

Лицо Пахоменки и вся его посадка говорили: "оставьте меня, я все высказал; теперь дайте мне как-нибудь с самим собой справиться". Через минуту глаза его опять обратились к окну. В комнате слышно было только его громкое судорожное дыхание.

Все понял Лука Иванович и впервые за эти десять дней почувствовал, что он — уже не просто холостяк, собирающийся "спасать душу" какой-то скучающей барыни. Страсть Пахоменки знойно пахнула и влила в него самого такую же почти горькую тревогу. Он с замиранием стал чего-то ждать, точно прислушиваясь к каждому звуку.

Так просидели они с четверть часа.

— Вот она! — вскричал вдруг Пахоменко и мгновенно встал.

— Слышите? — кинул он в сторону Луки Ивановича.

Тот тоже поднялся и тихо спросил:

— Что такое?

— Тройка катит! Бубенчики! Это — она!..

И он заметался около окна. Быстро подошел к окну и Лука Иванович. Сквозь запотевшее стекло видно было снежное полотно улицы. На углу мерцал рожок фонаря. Крутил небольшой снежок. Через две-три минуты подлетела тройка. Искристые, глубокие глаза Пахоменки пронизывали насквозь снежную полумглу.

— Видите, — шептал он, указывая пальцем, — впереди двое, на облучке один, и она... ее белый платок... посередине сидит... между этими...

Он не договорил и кинулся от окна.

— Куда вы? — смущенно остановил его Лука Иванович.

— Не могу! — болезненно вырвалось у него.

Он выбежал из гостиной. Лука Иванович остался у окна, прислушиваясь к тому, что произойдет в передней. Раздался звонок. Шумно растворились двери, кто-то вскрикнул и засмеялся, — он узнал голос Юлии Федоровны.

— Не хотите остаться? — спросила она очень громко.

Ответа Пахоменки он уже не расслыхал.

— Ха-ха-ха! — разнеслось по всей квартире. — Да у вас нет ли при себе револьвера?

Хохот продолжался. Лука Иванович вздрогнул от него. Звук бубенчиков заставил его оглянуться опять на окно. Тройка проскакала назад, полная мужских темных фигур с светлеющимися фуражками.

XXVII

— Лука Иванович! — крикнула Юлия Федоровна и заставила его резко обернуться от окна.

Он быстро оглянул ее. Черное бархатное платье с кружевами бросилось ему прежде всего в глаза: оно было похоже скорее на театральный костюм; на плечи падала с головы тоже кружевная мантилья; в волосах, около левого уха, сидел яркий цветок. Лицо Юлии Федоровны пылало, темные глаза отливали золотистым блеском. Вся она, хотя и вошла с мороза, обдала его пахучей и жаркой атмосферой. В голове его тотчас же пронеслась тройка, а в ушах загудел шепот Пахоменки: "обед в компании... с шампанским, крюшоны... позор, посрамление!.."

Лука Иванович подался шага на два вперед.

— Да что вы на меня так смотрите, Лука Иванович? Вот сейчас мой хохол убежал, точно сумасшедший, сказал мне какую-то дикость; я думала, он в меня пулю пустит в упор, право!..

Все это она кидала отрывочными фразами, пробираясь к кушетке и жестом приглашая его присесть рядом.

С первых слов ее Лука Иванович побледнел, потом нервная дрожь прошла у него по спине. Он сжал кулаки, желая овладеть собою, неловко упал на кресло и, пугаясь своего чувства, выговорил:

— Ваш хохол — вовсе не сумасшедший... Я видел здесь, как он мучился за вас. Я страдал с ним вместе...

Дальнейшие слова замерли у него. Он их точно еще сильнее испугался, чем самого чувства, заговорившего в нем с такой назойливостью.

Юлия Федоровна выпрямила голову, щеки ее чуть заметно вздрогнули, глаза слегка затуманились.

— Вы это серьезно? — тихо спросила она.

— Вы видите, — с возрастающим волнением вымолвил Лука Иванович.

— Совсем серьезно? — повторила она. Рот ее раскрылся, и все лицо приняло небывалое выражение почти физической боли.

— А то как же? — смог сказать Лука Иванович и отвел голову от ее взгляда.

— Нет, не надо! — заговорила она вдруг горячо и сосредоточенно, но как бы подавляя звуки собственного голоса.— Не надо этого, Лука Иваныч, ради самого Бога, не надо!..

— Вам его не жаль?

— Про кого вы говорите?

— Про этого... Пахоменку...

— Оставьте его!.. Что мне до него за дело! Он — мальчик. Я про вас, Лука Иваныч...

Она смолкла и опустилась головой на подушку кушетки.

— Почему же не надо? — смелее и громче выговорил он.— Юлия Федоровна, нельзя же вечно предаваться этой масленице! Я не хочу проповедовать, но не могу и я так... Понимать я отказываюсь: чего вы ждете в таком, петербургском, пошлом, унизительном... разгуле?.. Извините, я не откажусь от этого слова!

Рыдания послышались в ответ.

Юлия Федоровна лежала головой на подушке. Ее стройное, роскошное тело колыхалось от судорожных всхлипываний. Лука Иванович протянул было к ней руки; но руки у него опустились. Он даже затаил дыхание — так неожиданно поразило его это.

Но рыдания продолжались недолго. Голова приподнялась. Она обтерла лицо почти стыдливым жестом, опустила глаза, поправила мантилью, сбившуюся на правую щеку, и прошептала все с той же интонацией:

— Не надо, Лука Иваныч! Я — отпетая.

— Чего же вы ждете в этой пошлости? — повторил Лука Иванович с такой суровостью, что сам не верил звукам своего голоса.

— Чего? Вы непременно хотите знать? Вы этого сами не чувствуете?.. Скука меня душит, Лука Иваныч, скука!..

Она протянула это слово унылой, страдающей нотой.

Так этот звук и резнул его по душе.

— Скука? — выговорил он растерянно.

— Да, а этого мало?..

— Но вы не живете... вы не знаете настоящей жизни, клянусь вам!..

— А вы знаете? — резко спросила она, приблизив к нему лицо. — Вы — литератор, интеллигентный человек, вы знаете, ха-ха-ха!.. Полноте, Лука Иваныч! это у вас с языка сорвалось, вы — не фразер, вы это так сказали. Ну, слушайте: до знакомства с вами я еще все надеялась, что вот нападу же на человека, который действительно живет с верой в свое призвание, да не с такой, как у Елены... такая наивность смешит меня, — больше ничего. Познакомилась я с вами и в первый же разговор наш увидела, что вы тяготитесь ужасно своим делом...

— Не делом, — все так же сурово возразил Лука Иванович, — а положением; не скукой страдаю я, а недовольством.

— Это все равно: вы себя только обманываете... и не один вы, а все подобные вам... Вы и мной-то заинтересовались от скуки... Ну, посмейте сказать, что с серьезной идеей, посмейте!

Она это крикнула.

— Посмею, — ответил Лука Иванович, и голос его дрогнул страстной нотой, — посмею!.. Вы меня обманули своей жизненностью, свежестью; я увидал в вашей натуре прекрасные дары, вы сами предложили мне указать вам другие интересы...

— А вы сейчас и пошли на эту удочку!.. Что же это, как не скука?

Движение губ ее придало лицу опять выражение едкой боли. Луке Ивановичу стало делаться жутко.

— Не обо мне идет речь, — выговорил он убитым голосом, — вас надо спасти от этой мертвечины!..

Слово Елены Ильинишны само подвернулось ему.

— Мертвечина!.. пожалуй... тем лучше... Но вы не спасете... Лука Иваныч, оставьте меня, если вы уже, в самом деле, очень меня жалеете. Измучитесь, истреплетесь... вы и сами станете мертвецом. Вы видели, я со дня на день откладывала свое спасение... Думаю: вот найду в себе силу, не будет меня глодать эта всегдашняя, глупая, барская, развратная, как хотите... тосска. Нет, все то же. Право, лучше уж, пока есть здоровье, забываться, хоть секундами, в чем-нибудь диком, нелепом; вставать, как я, в три часа, ложиться в 7 утра, бегать по всем этим грязным маскарадам, обедать, ужинать, шампанское пить, слушать всякое вранье... Лучше, Лука Иваныч, в тысячу раз лучше! Не нужно, по крайней мере, ничего искать, ни у кого ничего не нужно спрашивать, ни на что не нужно надеяться!..

Знойный воздух опять охватил Луку Ивановича. Против него женщина с пылающими щеками, с огнем в глазах, с полуоткрытой грудью, в цветах, пышащая страстной потребностью жить и наслаждаться, изливала ему, со злобой и отчаянием, свою душевную немочь, билась точно в предсмертной агонии, захваченная когтями неумолимого чудовища.

— Не может этого быть! — раздельно и тяжело выговорил Лука Иванович, точно с испугом озираясь вокруг себя.

— Ну и прекрасно, — уж тоном горького успокоения промолвила Юлия Федоровна, — будемте о чем-нибудь другом говорить... А то, что за трагедия в самом деле?.. Я только что каталась... и так много мы смеялись!.. а через полчаса я в маскарад; вы видите, я одета так, что мне только маску надеть; да я нынче маски не надену: мне душно, у меня лицо горит... я спущу с капюшона двойную вуаль и буду интриговать вашего приятеля, генерала Крафта...

Она хотела было засмеяться, но смеха у ней не вышло.

— Вы видите, — заговорил Лука Иванович, высвободившись немного из своей растерянности.— Вы напускаете на себя такой тон... Вы страдаете... Это понятно; но неужели нет вам никакого исхода? Вы не желаете никаких модных увлечений, вам противны всякие ярлычки: женский труд... свобода женской личности... да вам ничего этого не надо... вы боитесь вмешаться в чужие дела... играть в благотворительность. Но есть для женщины другая отрада жизни.

— Не договаривайте, пожалуйста, не договаривайте!— стремительно вскричала она и схватила его за руку.— Лучше я доскажу вашу мысль. Полюбить, хотели вы сказать, — не так ли? Больше ведь никто не выдумает. Скажите мне, Лука Иваныч, — только забудьте, что я молодая дама, madame Патера, — а просто, как приятелю скажите: были вы когда-нибудь близки к порядочной женщине, совсем близки?

— Не хочу лгать — нет, — ответил искренно и удивленно Лука Иванович.

— Господи, как вы счастливы!.. И не сближайтесь ни с кем, если не хотите опротиветь самому себе. Вас это удивляет?.. Что ж делать, что я больше жила!!. Полюбить!.. — повторила она раздраженно.— Ну, хорошо, полюблю, т. е. влюблюсь, настрою себя так, выберу прекрасного человека, вас, например, выберу за душевные качества, а не за бакенбарды и не за аксельбанты... Начнется с хороших разговоров, потом будем целоваться, потом... он заскучает, сделается невнимателен, потом груб и пошл... Не обижайтесь, добрый мой Лука Иваныч, все, все таковы... иначе нельзя... не знаю, как в Европе, но у нас так... И вот ваша ветка спасения?! Я думала, вы припасли что-нибудь поновее... подействительнее... Это средство мне сейчас генерал Крафт предложит!..

— Вы мне не дали досказать, — с новым усилием возразил Лука Иваныч, — разве нет другой любви, кроме этакой?

— Есть, Лука Иваныч, я знала ее...

Голос ее так задрожал, что Лука Иванович быстро поднял

116

до той минуты опущенную голову и увидал, как глаза ее ушли в орбиты, а щеки мгновенно осунулись.

— Вы знали ее? — радостно спросил он.

— Да, пока жив был мой ребенок... Больше я не хочу и этой любви!..

"И вы были матерью?" — вскричал было он и удержался.

— Не хотите?

— Нет!..

Твердо, резко, почти злобно звучал ее ответ. Она тотчас после того оправилась, переменила позу, выпрямила грудь и прошлась рукой по своей прическе. Он сидел с неподвижно уставленными на что-то глазами. В первый раз, в течение разговора, выражение его лица отчетливо бросилось ей в глаза. Она наклонилась к нему с участием и окликнула:

— Лука Иваныч!

Он поглядел на нее замирающим взглядом.

— Что вам угодно? — неожиданно сухо спросил он. Рука ее легла на его руку.

— Ради Христа, не увлекайтесь мной!.. Я думала, что вы больше жили, — так не надо!.. Не ходите ко мне, я вас не стану принимать... Оставьте меня... Дайте мне хоть вам оказать услугу... Право, лучше так... Сами себя будете больше уважать, легче обманывать себя будет. Ведь я не на любовь надеялась, когда вас в наставники брала. Ан, нет, ни капельки!.. И теперь во мне никакой струнки не дрожит... Я — по-приятельски только... Простите за глупый опыт... — Она крепко сжала ему руку и быстро встала.

— Что ж вы молчите? Ведь не рассердились же вы на меня?.. Ну, скажите мне резкость какую-нибудь, если я ее заслужила... Лука Иванович, что с вами?

— Не беспокойтесь, — тяжело вымолвил он. — Мне нечего вам говорить... Я слишком...

Он не досказал, встал, и, почти вырвав у ней свою руку, прошелся в другой угол гостиной.

— Пройдет! — вскричала она своим всегдашним тоном. — В маскарад я вас не приглашаю, но меня уже там ждут... Еще три маскарада — и Великий Пост... Знаете, что я вам скажу на прощание, *Лука Иванович? Лучше всего любоваться князем Баскаковым*...

Он изумленно поглядел на нее.

— *Забыли: князь Оглы, что просил вас об учителе? Вот это — профиль. Таких мужчин, кроме Кавказа, нигде нет... Ну, полноте, я не буду: вы уж очень страшно на меня смотрите, ведь это в последний раз. Больше мы с вами не увидимся... Если записку вам пригласительную напишу — не отвечайте. Ну, успокойтесь, дайте я вас посажу на кушетку... вот сюда.*

Юлия Федоровна взяла его за руку и подвела к кушетке. Он машинально опустился на нее.

— *Прощайте, добрый друг!..* — шепнула она и скрылась за портьерой.

XXVIII

Долго-долго не мог Лука Иванович овладеть собою. Точно какое жало мозжило его, нервность не шла ему на помощь, ни в чем не находил он облегчения: ни слез не являлось, ни падения сил, а с ним и тяжкой напряженности. Вот он и один теперь: что же такое гложет его и мозжит?.. Страстное ли чувство, пришибенное сразу? Горечь ли мужского тщеславия, или простая жалость к этой мечущейся в пустоте женщине?..

Ему стало так душно, что он подошел к окну, отодвинул кресло и приложился лбом к холодному стеклу. На дворе продолжал крутить легкий снежок, переходивший минутами в белесоватую пургу. Безжизненно и уныло глядела широкая улица, ночь пугала всякое живое существо, заставляла жаться и уходить в себя, в свою нору. И как-то дико показалось вдруг Луке Ивановичу все, что он переиспытал тут, в этом салоне, да и не свои только испытания предстали пред ним, а вся жизнь, глухо кишащая под мертвенным саваном петербургской зимы. Стала ему видеться, точно сквозь мелькание снежинок, целая вереница живых человеческих фигур. Между ними и Юлия

Федоровна — с чашей в руке, с цветами в волосах. Точно будто ему кто говорит: "ведь у ней в чаше-то не вино, а яд!" И он кивает головой, в знак понимания, и думает про себя: "что ж тут удивительного? так и должно быть; хорошо еще, что с цветами в волосах пьет". А дальше иные образы... и все один исход. И снег заносит следы мятежной, безвременной, вольной смерти...

Но образы промчались, а едкая боль все еще стояла в груди. Он рад бы был вытравить ее чем-нибудь. Нет, не обмолвившееся личное чувство ныло в нем, а другое — безжалостное, ядовитое... чувство своей беспомощности перед какой-то заразой, перед подпольной, всепоглощающей немощью. Она вырвала у него сейчас живое существо, с прекрасным телом и богатыми душевными дарами, и, вырывая, кинула ему в лицо дерзкий вызов: "где тебе, — кричала она, — жалкий писака, где тебе оспаривать у меня тех, кого коснулся мой перст. Посмотри на самого себя, вникни в свое убожество, прочувствуй его хорошенько, дойди до самой глубины твоего бессилия; и если ты настолько малодушен, оставайся в живых, погребай себя заживо!.."

Да, вот что мозжило его, выясняясь все ярче и ярче, впиваясь в него точно раскаленными крючками страдающей мысли.

С жестом глубокого отчаяния прикрыл Лука Иванович лицо руками и, опустившись на кресло, сидел так несколько минут. Он просидел бы еще, но кто-то дотронулся рукой до его плеча.

— Вы тут... благодарю вас...

Почти гневно раскрыл он глаза.

Над ним нагнулась Елена Ильинишна, с муфтой в руках.

— Благодарю вас, — повторила Елена Ильинишна, — вы меня подождали.

— Извините, — почти грубо ответил он, — я вас не ждал.

Тут только заметила она, какое у него лицо.

— Что с вами, Лука Иваныч?— боязливо выговорила она и тотчас же присела к нему. Руки ее с участием протянулись вперед.

— Вы хотите предостерегать меня?— менее резко спросил Лука Иванович, взглянув на испуганно-возбужденное лицо ее.— Опоздали! Все уже кончено!

— Как?— веселее откликнулась Елена Ильинишна.

— Кончено! Что я вам говорил, когда вы мне предлагали исправлять вашу кузину?.. Куда же нам, разночинцам, брать на себя такие задачи!..

И он махнул рукой с такой горечью во рту и в глазах, что Елена Ильинишна вся вздрогнула и еще ближе присела к нему.

— Друг мой, — начала она теплой нотой, — позвольте мне так назвать вас в эту минуту... Я догадываюсь, что у вас здесь было с Юлией. Она вам вдруг, без приготовлений, показала всю свою безнадежность!.. Вероятно, она так и выразилась... потом она сказала: оставьте меня... Это еще хорошо. С другими она менее церемонится и оставляет при себе на долгие сроки. Тогда вы слышали бы от нее ежедневно, среди болтовни, где-нибудь в маскараде или за ужином, на каком-нибудь пикнике... или в интимном разговоре в ее будуаре: "ах, какая тоска!" Вас она считала бы тогда меньше всякой вещи. Ее бессмысленная хандра отравляла бы вас маленькими глотками... Благодарите судьбу, что Юлия не обрекла вас на это!..

Возглас Елены Ильинишны как будто смягчил напряженность Луки Ивановича. По крайней мере, лицо его получило оттенок более тихой скорби. Он взял даже Елену Ильинишну за обе руки и с усилием выговорил:

— Но что могло исковеркать такое милое, живое существо!..

— Своя злая воля, Лука Иваныч, — отвечала Елена Ильинишна раздраженнее.— Ничто иное!.. Как смеет она говорить про тоску и скуку, когда она в жизни своей не знала, ни одного часа, что такое труд, что такое долг, что такое идеал?.. Скука!.. вот это прекрасно! А не хочет ли она сесть на пустые щи и просиживать по шестнадцати часов в день... С иголкой в руках...

— Песнь о рубашке! — перебил Лука Иванович, злобно расхохотавшись.— Знаем мы эту Гудовщину! Я у вас не такого

120

рецептика спрашивал, добрейшая Елена Ильинишна. Ну, хорошо-с, в ней злая воля действует — согласен с вами, она не знает ни труда, ни голода... Но почему же мы-то с вами, соль земли, умники, носители идеалов и чего вам угодно, отчего же это мы с вами не в состоянии вылечить от этой злой воли какую-нибудь смазливую барыньку? Отчего?

— И лечить ее не нужно, друг мой, — слаще возразила Елена Ильинишна, опуская глаза, — к чему тратиться на такие бесплодные опыты?.. Оглянитесь кругом себя... столько честных тружениц ждут одного слова поддержки, чтобы идти туда, где блистает вечный идеал... Не знаю, соль ли мы земли, но мы сильны внутренне Подайте руку по-приятельски, проникнемся солидарностью, образуем настоящее духовное братство, и вы увидите, что мы — сила!..

— Сила! — еще резче расхохотался Лука Иванович и встал.

Он не мог совладать с нахлынувшим на него злобным чувством. Еще минута, и он готов бы был разразить эту ни в чем не повинную особу, говорившую ему с такой явной симпатией.

— Наивное создание!.. — кинул он ей прямо в лицо.— Не заговаривайте вы, пожалуйста, вашим картонным идеализмом печальной сути... Отвечайте вы мне на вопрос... Только ваше девичье сочинительство не позволит вам никогда дать настоящего ответа. Отчего мы с вами бессильны выгнать из смазливой барыньки беса скуки? Отчего? Оттого, что мы с вами — ничтожество, понимаете, всяческое ничтожество, как люди, как работники, как граждане, как корпорация! Вас наполняет самообман, над которым даже госпожа Патера потешается, а я вот задыхаюсь... И уж, конечно, не найдется у вас рецепта от этого недуга!..

Растерявшаяся Елена Ильинишна хотела было что-то вымолвить, но Лука Иванович, махнув рукой, крикнул ей:

— Избавьте, избавьте! — и больше выбежал, чем вышел, из гостиной.

XXIX

Как прошла у него ночь, он не мог дать себе ясного отчета. Помнит только, что усталый, иззябший, с дрожью во всем теле, очень поздно дотащился он до своей квартиры. Как сквозь туман, мелькнули перед ним опухшие от сна глаза Татьяны. Кажется, что-то она ему пробормотала. В плохо протопленном кабинете, где он продолжал спать, все та же Татьяна указывала ему на какой-то квадратный синеватый пакет с бумажной печатью.

Он еле держался на ногах; и, вероятно, Татьяна, при всей своей сонливости, подумала, что барин ее сильно подгулял. Спал он как убитый, без всяких снов.

Его разбудил громкий разговор в коридоре, около самой двери в кабинет.

— Как спит? — ворчливо-весело крикнул мужской жиденький голос.

— Так вот, до сей поры, — ответил полушепотом женский голос.

Лука Иванович узнал голос Татьяны; но кто с ней говорил, он не мог распознать: в голове его не было еще никакого отчетливого представления о том, где он, почему так громко кто-то говорит, который час, начинается день или уже кончается?..

Кабинет постоянно наполняли сумерки от высокого брандмауера соседнего дома, но Лука Иванович все-таки смог сообразить, что стояло далеко не раннее утро.

— Да разве он не читал ее? — спросил опять жидкий мужской голос.

— Подавала пакет, подавала, — оправдывалась Татьяна, — как пришел, подавала.

— Да в котором это часу было?

— Не могу доложить — чуть ли не перед самым утром.

— Хорошо!..

И вслед за этим возгласом раздался стук в дверь.

— Кто там? — окликнул Лука Иванович, стыдливо встрепенувшись.

— Спите? Прекрасно!.. Как нельзя лучше!..

Дверь растворилась, и вбежал, во фраке со значком, Проскудин, держа на отлете портфель из зеленого сафьяна.

— Который же час?— смиренно спросил Лука Иванович, поднимаясь с постели.

— И он спрашивает!.. Половина третьего, государь мой, половина третьего!.. Понимаете вы это?

— Поздненько, я сейчас...

Проскудин стремительно оглядел стол, схватил лежавший как раз посреди его пакет, поднес его к самому носу Луки Ивановича и крикнул:

— А это что? Полюбуйтесь: даже не распечатана депеша!

Лука Иванович убедился, что депеша действительно была не распечатана, но он все еще не мог понять, почему приятель его, Проскудин, обыкновенно спокойный и благодушный, тут так волнуется.

— Да что же в этой телеграмме?— спросил он все еще заспанным голосом.

— Извещал я вас, государь мой, — уже мягче заговорил Проскудин, — чтобы вы, ровно в 11 часов, явились в окружной суд, а оттуда отправились бы со мной к одной особе; ее именно сегодня-то и нужно было застать... И все это для вашего места... А который теперь час, смею спросить?..

— Вы уж это мне вострубили, — полушутливо ответил Лука Иванович и, прикрываясь слегка одеялом, добавил, — дайте мне прийти в приличный вид и потом казните меня...

Проскудин быстро вынул часы, посмотрел на них, издав звук неодобрения, после чего сел на стул и стал разбираться в своем портфеле.

— Четверть часа могу вам подарить, — кинул он, хмуро взглянув на приятеля.

Наскоро умылся и прибрался Лука Иванович, запахнулся в свой халатик и присел к столу, с миной человека, готового перенести всякое наказание.

— Ну, казните, — с тихою улыбкой начал он, закручивая папиросу.

— Я не за тем приехал; а теперь дело-то почти что проиграно: охотников не мало и без вас — я ведь, батюшка, недаром интриговал целый месяц... И вдруг такая оплошность! Ну, поздно вы вернулись, амуры, видно, какие... Да депешу-то не трудно бы было распечатать, приказать кухарке разбудить себя... Эх!..

Лоснящийся лоб Проскудина весь покрылся морщинами: видно было, что он очень огорчен.

Лука Иванович протянул ему руку, пожал и, помолчав немного, выговорил медленно и убежденно:

— Ну, и не нужно, Николай Петрович, благодарю за хлопоты.

— Как не нужно? Чего не нужно?

— Да новых хлопот: я, пожалуй, и во второй раз просплю депешу.

— Вы это серьезно говорите?

— Серьезно. История с депешей — знамение в некотором роде. До вчерашнего дня я мечтал, как неразумное дитя, о каком-то радужном конторском месте... Вчера... или нет, сегодня ночью... после расскажу, в какой обстановке... почувствовал я, со всей горечью, свое убожество... понимаете, как члена общества... а теперь вот сознательно говорю вам: бросьте, не хлопочите, не хочу я быть ничем, кроме того, что я есть.

— Это как? Семь, значит, пятниц на неделе? Или сладка очень литературная поденщина?

— Про то я знаю... Пятнадцать лет я строчу, Николай Петрович. Это даром не проходит. Надо с пером в руках и умирать. Где?.. Не знаю, быть может, и в богадельне! Я это прибавляю не для чувствительности, а так, как приятную возможность... И она меня особенно не пугает... Зато вон гордость во мне закопошилась, и я могу ей поблажку дать: нейду в дельцы, хотя бы и грошовые, не променяю своего мизерного заработка... Вот и подите!

Он смолк и закурил папиросу. Проскудин с недоумевающим лицом долго оглядывал его, прищуриваясь как-то сбоку.

— Да вы — и впрямь гордец! — вскричал он, краснея. — Прикидывались только человеком, понимающим жизнь попросту, как должно; а вот в вас писательское-то тщеславие и вскипело вдруг!..

— А в вас что вскипело теперь, друг Николай Петрович? — остановил его Лука Иванович, положив ему руку на колена.

— Что?

— Делец в вас рассердился на меня. Вы хоть и хороший человек, а все-таки — делец или прикосновенны к делам... Делец и разгневался: как, мол, презренный писака может менять солидное положение на свою работишку? Ведь так?..

— А как же вы ко мне в помощники-то сбирались? Я же тогда вам сказал, что вашему брату надо нас всячески уязвлять, а не по стопам нашим идти.

— Тогда в вас настоящий Николай Петрович Проскудин говорил. А чем же конторское-то место лучше?.. Ну, да что же нам из-за этого ссориться?.. Не посетуйте за беспокойство и не опоздайте в окружной суд; четверть-то часа, я думаю, прошло уж.

Проскудин встал, взглянул на часы и наморщил переносицу.

— И то пора! — вскричал он деловой нотой и сунул портфель под мышку. — Прощайте, коли так; только я думаю, что вы нынче после вчерашней авантюрки хандрите...

Он отошел к двери, взялся за нее, улыбнулся вдруг всем своим крупным ртом и крикнул:

— А ведь вы, в сущности, правы, Присыпкин, и я бы так рассудил!.. Прощайте!

Лука Иванович послал ему дружеский поклон и остался на том же месте, тихо покуривая; но не успел Проскудин выйти из его квартиры, как он вспомнил, что у него в портмоне лежат три двугривенных; и не достало у него духа догнать приятеля и перехватить у него... на обед: он твердо знал, что долг его Проскудину зашел уже за три сотни рублей . . . .

XXX

Серенькое апрельское утро, только кое-как смягченное весной, поднялось над Петербургом. По одной из набережных Лиговки, еще полной луж и осколков слежавшегося грязного снега, тащились погребальные дроги без балдахина. Гроб был бедный, обмазанный желтой охрой, с наемным плисовым покровом, вытертым и закапанным. Возница, сидя вбок на козлах, выставил из-под черного балахона рыжие голенища. На голове его набекрень торчала высокая побурелая шляпа с чем-то похожим на траур.

За дрогами никто не шел; только вправо и влево тянулось гуськом и по двое несколько мужчин, одетых в штатское, и пожилых, и молодых. Всех-то их можно было насчитать человек с пятнадцать; позади дрог ехала одна извозчичья пролетка с дамой в черном и, гораздо дальше, барское двухместное купе синего цвета.

В числе провожавших покойника шел один, несколько поодаль от вереницы, двигавшейся по правому тротуару, и Лука Иванович Присыпкин. Запахивался он все еще в зимнюю свою шубку. Сильно он горбился и даже упирался на палку. В лице он не очень похудел, но цвет щек стал еще непригляднее, бородку он отрастил, и седой волос уже заметно серебрил ее.

Процессия начала поворачивать на деревянный, грязный мостик.

— Чьи такие похороны?— вдруг раздался вправо от него старушечий оклик.

Он обернулся. Спрашивала салопница, приподнимая край ватошной юбки.

— Сочинительские, — выговорил с невольной усмешкой Лука Иванович.

— То-то!— протянула ворчливо старуха и побрела в сторону.

"Пожива, видно, малая", — подумал Лука Иванович ей вслед. Он пошел, замедляя ход и поглядывая на дроги, качавшиеся от неровностей мостовой.

Шел он так минуты с две. На первом перекрестке кто-то обнял его сзади за левое плечо.

— Милый Лука Иванович, — заговорил мягким тенором высокий, красивый барин в бекеше с бобровым воротником и в богатой собольей шапке, все еще придерживая Луку Ивановича за плечо.

— И вы провожаете? — спросил, обративши к нему лицо, Лука Иванович. Можно было заметить, что он не намерен отвечать в тон на сладкие интонации красивого барина в бекеше.

— Да, надо же исполнить долг... Бедный Платон Алексеич... в три дня сгорел. Вы, может быть, не знаете, Лука Иваныч: недели три тому назад он умолял меня заехать к нему в долговое; я отправился. Предложил он мне целую пьесу... Вы ведь знаете — переводил он бойко, но стих неуклюжий. Ну, вижу, человек взаперти сидит, в отчаянном положении. Выпросил у меня сто рублей... Через две недели вышел как-то из долгового, а через пять-шесть дней и душу Богу отдал.

— Да существует ли перевод-то? — спросил Лука Иванович, — вы, вероятно, уже наводили справочки?

— Существует... Но мне ли одному он его запродал? — это еще вопрос.

Слушая собеседника, Лука Иванович посматривал на его благообразную подстриженную бороду, где каждый волосок шел по кривой линии от среднего пробора и так явственно, точно волоски эти были накрахмалены.

— Будто у вас не осталось документика? — не без иронии спросил он его, отводя глаза от его бороды.

— Конечно, есть; но все-таки неприятно!.. И что это за нравы! Просто стыдно принадлежать к людям пишущим... Долговое, потом такие жалкие похороны!.. Будем надеяться, что это уже, так сказать, последний из Могикан.

— Будем надеяться, — повторил Лука Иванович, видимо тяготясь разговором.

— А ведь я у вас третьего дня был, милый Лука Иванович, — начал опять очень сладко барин в бекеше, — отдали вам мою карточку?

— Как же, благодарю... Вы меня извините, я визитами не считаюсь.

— Да к чему же, к чему же!.. Мне хотелось предложить вам... дело это еще не к спеху, а все лучше заручиться...

— Что угодно? — сухо спросил Лука Иванович.

— Вы ведь у нас едва ли не единственный, знающий по-испански. Давно у меня есть мысль издать избранный испанский театр, — знаете: Кальдерона, Лопе де Вегу и этого еще, как бишь его...

— Верно, Тирсо де Молину, хотите вы сказать?

— Именно.

— Что же? хорошее дело.

— Да-с; но вы понимаете, добрейший Лука Иванович, что теперь время тугое, книги нейдут, надо много затратить на такое издание. Вот я и хотел вам предложить, — голос его понизился и стал еще мягче, — быть главным деятелем этого сборника; работы будет вдоволь, и я вам вполне ее гарантирую хоть на два года, но так, чтобы плата за пьесу была в округу, без расчета по листам.

— Это все равно, — заметил, несколько оживляясь, Лука Иванович.

— При всем моем желании я не могу предложить вам, — он точно споткнулся и духом выговорил, — семьдесят пять, много сто рубликов...

— Сто рублей за пьесу? — вырвалось у Луки Ивановича.

— Знаю, что не красная цена; но кто же у нас будет раскупать какого-нибудь Тирсу де Молину?.. Само собою, Лука Иванович, гонорарий всегда вперед за рукопись по расчету, сколько бы ни писали, хоть пол-актика.

И он захихикал своим уже заметным брюшком, причем волосики бороды красиво вздрагивали.

Горькая черта избороздила рот Луки Ивановича. Глаза его вспыхнули, в щеках пробилась краска; но это было всего одну минуту. Лицо опять осунулось, взгляд потух, на лбу ж легли две резкие линии; он что-то сообразил.

— Значит, по рукописи? — глухо спросил он.

— О, да! Вы меня знаете!

— Я к вам зайду, мы потолкуем.

— Вот это и прекрасно! — радостно вскричал барин в бекеше, обхватив опять левое плечо Луки Ивановича, а правой рукой силился дать ему рукопожатие. — Я всегда вас считал одним из редких по порядочности!..

Он даже испустил вздох, видимо облегченный результатом сделки.

— А, кажется, дождичек собирается? — заметил вдруг Лука Иванович, желая переменить разговор.

Красивый барин с тревогой взглянул на небо.

— Неужели дождик?.. Скорее крупа пойдет... холодно ужасно! А я, как нарочно, в меховой шапке.

Он инстинктивно схватился за свои соболя.

— Вам неопасно, — продолжал в первоначальном суховатом тоне Лука Иванович, — ведь это, поди, ваши? — спросил он, указав на пару караковых синего купе. — Больше у кого же будет здесь карета?

— Мои, мои, — напряженно улыбаясь, ответил красивый барин, скрывая под улыбкой неприятное движение, вызванное вопросом Луки Ивановича.

Дроги подъехали уже к кладбищу.

— Вы думаете оставаться до спуска в могилу?

Вопрос этот вызвал Луку Ивановича из раздумья.

— Да, а вы?

— Я только побуду при отпевании... дела у меня множество сегодня... корректур навалено!.. А, кстати, вон еще нужный человек. Жду вас, милейший Лука Иванович, хоть завтра же.

Он приподнял соболью шапку и скорыми шагами стал кого-то догонять.

"Что, брат, — обратился Лука Иванович внутренно к самому себе, — много ты выиграл, что на генерала Крафта больше не работаешь? Этот вон — гражданский издатель, свой брат, а стоит пятерых военных!.."

Дроги подъехали к паперти. Лука Иванович ускорил шаг...

XXXI

В пустой церкви лениво тянулось отпевание. У входа и вдоль окон стали провожавшие покойника. Некоторые из них выходили во время службы на паперть, гуляли по подмосткам и опять возвращались.

Оглянувшись, Лука Иванович заметил в углу какую-то молодую девушку в платочке. Она точно пряталась от всех и тихо плакала. Барыня в черном, ехавшая на пролетке, крестилась чопорно, стоя по левую руку от гроба: она представляла собою как бы семейство покойного.

— Кто это? — спросил, указав на нее головой, один из провожавших у стоящего около него знакомого.

— Не знаю, право; кажется, квартирная хозяйка... У него ведь родных нет... Жена...— он досказал что-то на ухо.

— А вот та, в платочке? — продолжал первый.

— Должно быть...— и он опять досказал на ухо, после чего оба перемигнулись.

Лука Иванович отошел от них. Ему стало не совсем хорошо от ладана; но он хотел остаться до конца.

Спустили гроб в полуоттаявшую яму среди унылого, равнодушного молчания. Ничьего голоса не раздалось в память покойного. Оставшиеся "до конца" потянулись сначала гуськом, а миновав ворота, сгруппировались по три, по четыре человека, и точно все повеселели, отдежурив сколько нужно было. Лука Иванович почти что не был знаком ни с кем из провожавших покойника, но с двоими кланялся, а поименно знал многих.

К нему подлетел юркий, суховатого склада брюнет, в беспорядочной прическе, с шершавой бородкой, в армяке из желтого верблюжьего сукна, подпоясанном черным ремнем с насечками.

— Помянуть покойного! — глотая слова, выговорил он, и разбегающимися воспаленными глазками как-то запрыгал по всей фигуре Луки Ивановича.— Примете участие?

— Как это? — с недоумением спросил Лука Иванович.

— Малость будет стоит... как в складчину... пивка бутылок

десять, закусить чего достанем... Вон там по дороге и кухмистерская... по чину надо!.. Мы с покойным Платоном Алексеичем из одного нумера...

— Из одного нумера?

— Как же, по Тарасовке я считаю... вот я да художник Карпатский... вон долгий-то... во фраке бедняга пришел, потому другого одеяния нет... вот и я ратником, как видите... Да вы на меня так смотрите, точно не знаете, кто я?

— Не имею удовольствия.

— Полноте, ха, ха, ха!.. Меня-то не знаете?.. да вся литература про меня гремела, давно ли это?.. Тогда времячко было — не то, что теперешняя кислятина... Я, барин, один города брал!.. да-с!.. Так вы не прочь от складчины?..

— Нужно ли это? — совестливо осведомился Лука Иванович.

— Помилуйте, как же не нужно? У могилы речей не состоялось; я было хотел сказать, да удержали, говорят — не надо. Так, по крайней мере, последний долг воздать... по рублю-целковому выйдет — не больше, верьте слову.

— Пожалуй...

— Адмиральский час к тому же; вы ведь, наверно, натощак!.. Так позвольте получить канареечку... Я уже всем распоряжусь; а потом, кто захочет экстренно помянуть покойника, тому не возбраняется... ха, ха, ха!..

Он протянул руку; Лука Иванович достал рублевую бумажку и подал верблюжьему армяку; тот кивнул головой и побежал к одной из двигающихся групп. Закрывая бумажник, Лука Иванович отчетливо заметил, что рядом с "канареечкой", как выразился поминальный распорядитель, лежала единственная зелененькая. В портмоне была у него еще кое-какая мелочь.

По левую сторону улицы, ведущей от кладбища, открылась кухмистерская с мезонином, где и даются обеды и завтраки после похорон. Гурьбой вошли туда все, принявшие участие "в складчине", и через несколько минут расселись вокруг стола. Верблюжий армяк духом распорядился. Появились бутылки

131

пива, два-три графинчика и какая-то закуска. Всем хотелось есть... Едва ли не один Лука Иванович воздерживался от кухмистерской трапезы. Он точно ждал, что из всего этого будет. Разговоры не вязались. Два резко обозначившихся кружка заняли два противоположных конца стола и отмалчивались. Только распорядитель да друг его художник в старомодном фраке и какой-то толстенький человек в мохнатом пальто (Лука Иванович признал в нем актера) оживляли трапезу.

Завтрак еще не кончился, бутылки пива еще не опорожнились и на дне графинчиков оставалось еще кое-что, когда дверь шумно растворилась, и в низкую столовую вошла, переваливаясь, обширная дама — лет сильно за пятьдесят — в пестрой шали и шляпе с пером. Лицо ее с преобладающим носом, покрыто было слоем сала. Громадный рот улыбался, и глаза прыгали, точно она явилась на именинное торжество.

— Ах, господа! — запела она, опускаясь на стул по самой средине стола и протягивая пухлую руку за остатками ветчины. — Как я жалею, что опоздала!.. Хотела привезти венок, бросить на могилу нашего бедного Платона... Не удалось!.. Но я вижу всех друзей его в сборе... Горчицы нет!.. Благодарю... Такой трагический конец!..

Этот поток слов, восклицаний и à parte сразу привлек внимание не одного Луки Ивановича: все общество обратилось в сторону говорившей особы.

— Вижу вас с особым удовольствием, — продолжала она уже с примесью торжественности и вилкой указала на двух господ: одного очень белокурого, другого — черноватого, сидевших по правую от нее руку. — Вы, Василий Сергеич, вы, Михаил Михайлыч, вы, можно сказать, — его душеприказчики... вас я призываю в свидетели; вы, я знаю, подтвердите правду моих слов...

"Это еще что?" — с усиленным интересом спросил Лука Иванович, присаживаясь поближе к столу; он все вспоминал, где и когда мог он видеть эту даму.

— Вам небезызвестно, господа, — обратилась она уже к

132

всему обществу, — что бедный наш Платон томился, как узник... Такая светлая головка — и в рабском положении. И за что? За каких-нибудь презренных полтораста рублей!.. Гнусный жидишка с паршами засадил его... Полтораста рублишек — и всем известный писатель, талантливый, вдохновенный толкователь первых гениев всех веков — в долгушке! Можно ли было это вынести сердцу женщины? Отвечайте мне: можно ли?.. О! я не дожидалась толчка извне, я не стала спрашивать, на чьей обязанности лежит помощь собрату, избавление узника, — голос ее смягчился как бы слезами — нет, ничего этого не хотела знать я, бедная женщина, не имеющая ни капиталов, ни верного положения; я отыскала этого гнусного жидка... Но, господа, к чему рассказывать все эти подробности?.. Не хвалиться пришла я сюда!.. Не могу только не рассказать вам, как глубоко потрясен был покойный Платон Алексеич... В самый день его освобождения... вы знаете, что у него не было даже носильного платья; я все это устроила живой рукой... Так идем мы к моей квартире по Фонтанке, около самого английского клуба... вдруг он кидается к моим ногам: "Прасковья Дмитриевна!" — вскрикивает он и хватает меня восторженно за колена. Ей-богу, господа! Я просто обомлела, это было в третьем часу. "Благодетельница, избавительница моя!" — продолжает он, поднимая свои прекрасные глаза, и слезы градом-градом потекли у него на грудь. "Тот только может чувствовать ваше благодеяние, кто вдыхает воздух свободы, кто еще вчера был жалкий узник!.." Да, господа, вот этими самыми словами.

Эффект на слушателей вышел не совсем такой, какого ожидала, вероятно, рассказчица. Белокурый заметно поморщился, черноватый даже отвернулся с пожатием плеч.

Но тучная дама продолжала свое повествование.

— Так и стоит на панели, господа, кричит: "Избавительница, никому я не отдам моей трагедии — это он про перевод свой говорил, — вам принадлежит она, вы должны создать в ней тип, достойный шекспировского гения!.." Вы знаете, быть может, господа, что я душевно желала

133

дебютировать именно в его переводе. Роль как раз идет к моим средствам. Я уже и дирекции заявила об этом, рукопись переписывалась для представления в комитет... И вдруг — внезапный, жалкий конец нашего незабвенного Платона! Так меня это и подкосило... Документа у меня, правда, никакого нет; он предлагал дать мне законнейшую расписку, но я отказалась...

Дама сделала громкую передышку, прожевала последний свой кусок, обтерла салфеткой не только губы, но и все лицо, встала и обернулась в угол "душеприказчиков".

— Василий Сергеич, Михал Михалыч! — более жалобно, чем торжественно, воскликнула она.— Призываю вас в свидетели. Вам, конечно, завещал Платон на словах, что не только трагедия его должна идти в мой дебют, но и поспектакльная плата в мою исключительную пользу, и гонорарий за печатание рукописи!..

Угол, к которому обратилась "избавительница", сурово молчал; но ни у кого не доставало духу приказать ее вывести.

— Гоните ее! — хотел было крикнуть Лука Иванович, но почувствовал, что все происходившее перед ним было слишком печально, чтобы вызывать такие протесты.

Один из "душеприказчиков", как величала их барыня, черноватый, наконец-то повел пренебрежительно плечами и глухо выговорил:

— Губа-то у вас — не дура, Прасковья Дмитриевна.

Как буря налетела на него барыня.

— Бога вы не боитесь, Василий Сергеич, да я небо призываю...

Дальше Лука Иванович уже не мог разобрать. Все поднялись с мест, начался общий спор и гам, грохот стульев и гул возгласов.

К Луке Ивановичу подкатился пухленький господин в мохнатом пальто и обнял его, улыбаясь посоловелыми глазами.

— И об одеждах его меташе жребий, — пролепетал он, принимаясь целоваться.

Лука Иванович с трудом освободился от его объятий; но

пухленький господин все лез к нему, нашептывая удушливым, жирным голосом:

— Давно вас люблю и уважаю... Вы — человек, а мы все, сколько тут ни есть... одна, с позволения сказать...

С силой оттолкнул его от себя Лука Иванович и попал, у самой выходной двери, в руки распорядителя в желтом армяке.

— На минуточку! — крикнул тот с деловой миной; глаза его уже сильно блистали.— На одну секундочку!.. После Платона Алексеича остались у нас в номере кое-какие книжонки... Он не успел перевезти на квартиру... англицкие есть, я сам видел. Так мы с художником Карпатским предлагаем разыграть всю эту рухлядь в лотерею, по сорока копеечек билет... вот здесь же и разобрать могут... Не откажите... собрат был... жалости достойно!..

— Извольте, — сунул ему Лука Иванович два двугривенных и кинулся на лестницу.

Гам все усиливался и усиливался, покрываемый визгливыми нотами "избавительницы".

XXXII

Свежий воздух обдувал лицо Луки Ивановича, но голова его не поднималась; она была опущена еще ниже, чем два часа перед тем, когда он шел за гробовыми дрогами "собрата" на кладбище. Нестерпимо стало ему в кухмистерском мезонине; даже он, после стольких горьких дум и испытаний, не ожидал подобного финала. Теперь его не жгло и не мозжило, как тогда, когда он стоял у окна в гостиной Юлии Федоровны и глядел на ночную вьюгу; нет, но его давила тупая боль: острое чувство обиды и бессилия переходило в хроническую скорбь. Но не должен ли он считать себя еще избранником в настоящую минуту уже за то, что он идет в свою квартиру, а не в "номер" долговой тюрьмы, где товарищем его состоит верблюжий армяк — за то, что он на ногах еще, а не лежит в еловом гробу, на ободранных дрогах? Сегодня — да, а завтра, через неделю, через год, через пять лет? Где, в ком и в чем найдет он поруку, что не попадет он туда же, где сидел спущенный в могилу Платон Алексеич, что не выкупит его за сто рублей такая же "избавительница", что не кинется он хватать ее за колена, что не умрет он также безвременно и жалко, что не справят по нем такие точно поминки водкой и пивом, что не будут на поминках распоряжаться такие же товарищи "по номеру" и не станут уклончиво отмалчиваться более приличные собраты, слушая нахальное вранье первой попавшейся Прасковьи Дмитриевны?

Все эти вопросы прошли в его голове скоро-скоро и так отчетливо, с такой логикой правды и возможности, что он невольно остановился посреди дороги и закрыл глаза.

— Ваше высокоблагородие...— раздалось позади его, — позвольте на пару слов!

Лука Иванович вздрогнул и быстро обернулся от одних звуков голоса. Увидал он в двух шагах от себя небольшого роста человека, совсем желтого, с впалыми, тоже желтыми глазами, в суконном старом картузе, без всяких признаков белья, в желтоватом летнем пальто-сак и смазных сапогах, поверх которых болтались похожие на нанковые штаны. Шея у него обмотана была пестрым засаленным шарфом.

Голос, заставивший Луку Ивановича вздрогнуть, терялся еще в самой гортани: до того он был глух и сипл.

Оглядев незнакомца, Лука Иванович взялся в кармане за портмоне, чтобы достать гривенник.

— Не изволили меня признать, господин Присыпкин? — незнакомец пододвинулся еще на один шаг.

— Извините...— начал было Лука Иванович, приходя в невольное смущение.

— Болезнь и все прочее так меня отделали. Я вас сейчас приметил на похоронах и поджидал нарочно... туда я на поминки не ходил... сами изволите видеть, какой у меня туалет... Другим господам литераторам было бы, пожалуй, зазорно.

— Вы?..

— Писатель Тульский!.. Изволите помнить, — первые мои шаги поощряли?.. Я через вас и в печать попал. Конечно, по моему безграмотству не следовало бы соваться, а уж раз попадешь на эту зарубку...

— Это — вы! — вскричал, перебивая его, Лука Иванович. — Быть не может!..

— Павел Осипов Тульский... без обмана вам говорю-с... С тех самых пор, — и-и Боже мой!.. чего не было!.. Знаете, Лука Иванович, так, кажется, вас величать, повторяю, в сумеречки, сидя без свечи, стишок такой:

Братья писатели, в вашей судьбе-с
Что-то лежит роковое-с!

Оно как будто и полегчает...

И он засмеялся отрывистыми болезненными звуками.

— Но это невозможно! — словно про себя, воскликнул Лука Иванович. — Расскажите мне, пойдемте!

— Нет-с, благодарю сердечно, вам со мной идти будет конфузно. Я на пару слов... Вы — доброй души человек... Дело мое немудреное. Уж долго ли, коротко ли я маялся, про то я не стану расписывать. Только в первый самый раз обратился я к обществу... вы изволите состоять членом?

И глаза его тревожно остановились на Луке Ивановиче.

— Да, я — член.

— Благодарение угодникам! Так вот, в первый самый раз попросил... А проживал в те поры на хлебах из милости в доме Вяземского, у такого артиста, который перевоспитывает краденых собак-с.

— Что-о? — почти с ужасом закричал Лука Иванович. .

— Верьте слову, такая индустрия есть: каждую собаку переделывает и по наружности, и по характеру ее. Вот у такого я артиста и проживал... в помощниках... Не извольте смущаться — по крайности сыт! Ну, просил — дали. Даже совсем было справился — захворал, желтуха: сами изволите видеть, какая у меня физиогномия. И с той поры не могу выбиться — шабаш! Господин Присыпкин, у всякого своя амбиция! Хоть из своих по званию сотоварищей, а стыдно клянчить, ей-же-ей!.. Кабы у нас такое товарищество основано было — ну, другое дело... а то — хотят дадут, хотят нет; да и дадут-то, не встанешь как следует на ноги, и опять пошло то же хождение души по сорока мукам!..

Лука Иванович так ушел в рассказ "собрата", что забыл даже, где он в эту минуту. Ему все хотелось прервать его и крикнуть: "довольно! вы пересолили, вы слишком актерствуете; в жизни так не бывает, не злоупотребляйте подмостками!"

Но он поднял голову, и посреди грязного тротуара, на пустынной кладбищенской улице стоял он не пред актером, а пред настоящим... писателем Тульским, которого он когда-то "поощрял".

— Что же я могу? — вскричал он, беря его за руку.

— На днях ожидаю посещения-с из общества, но наипаче надеюсь на вас. Скажите слово благородного человека: оно будет покрепче, чем по должности рапорт... Простите великодушно, что обеспокоил... Я потерплю и еще недельку... желудок у меня точно у жвачку жующих: верблюжьи свойства имеет... Да и весело мне намедни стало: читаю в ведомостях, Лука Иванович, как у одного господина обыск был по какой-то любовной истории; судебный-то следователь его и спрашивает: "вы-де кто такой?" А тот ему: "я-де ремеслом литератор". Так и прописано-с. Как только я это самое слово — "ремесло" прочел, даже вслух рассмеялся... Прежде бы оно ни с чем не сообразно было, а теперь — в самый раз!.. Коли другие мастеровые без работы сидят, из больницы вышедши, так что ж нашему брату обижаться?.. Простите за глупую болтовню!..

Он приподнял высоко картуз и силился улыбнуться.

— Значит, у вас и неделю-то нечем прожить? — стремительным шепотом спросил Лука Иванович, близко подходя и схватываясь за бумажник.

Тот только повел плечами.

— От сотоварища не обидно, — шепнул Лука Иванович, сунув ему что-то в руку, и быстро повернул в переулок.

Это была его зелененькая.

www.ingramcontent.com/pod-product-compliance
Lightning Source LLC
Chambersburg PA
CBHW020344260626
47156CB00004B/1676